共同体

COMMUNITY 021

各美其美

美美与共

刘大任集

残照

刘大任/著

深圳报业集团出版社

目录

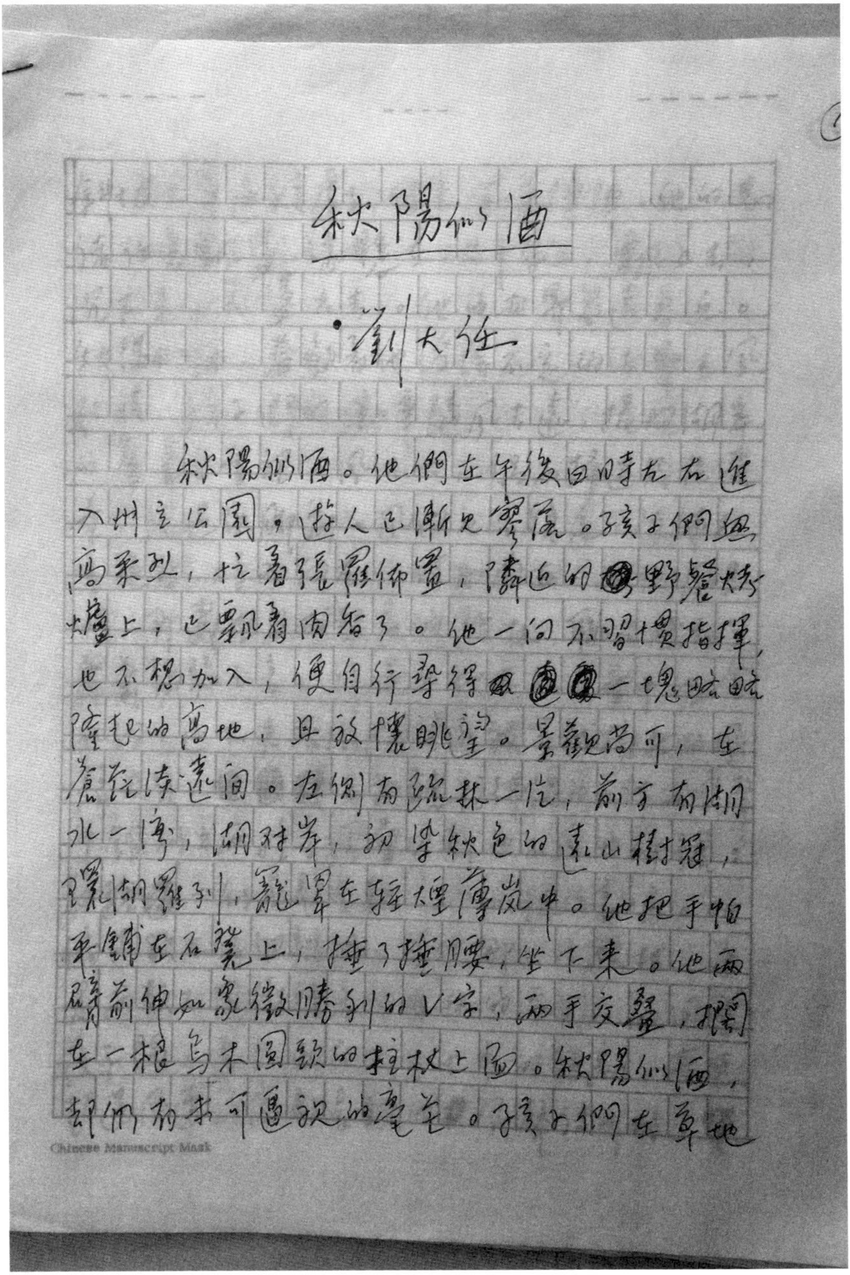
秋陽似酒
劉大任
秋陽似酒。他們在午後四時左右進入州立公園，遊人已漸見寥落。孩子們興高采烈，拉著張羅佈置，附近的野餐烤爐上，已飄著肉香了。他一向不習慣指揮，也不想加入，便自行尋得一塊略略隆起的高地，且放懷眺望。景觀尚可，在蒼茫淡遠間。左側有疏林一片，前方有湖水一灣，湖對岸，初染秋色的遠山樹冠，躍躍羅列，籠罩在輕煙薄嵐中。他把手帕平鋪在石凳上，捶了捶腰，坐下來。他兩膝前伸如象徵勝利的V字，兩手交疊，擱在一根烏木圓鈕的柱杖上面。秋陽似酒，卻似有未可逼視的毫芒。孩子們在草地
Chinese Manuscript Mask

《秋阳似酒》手稿

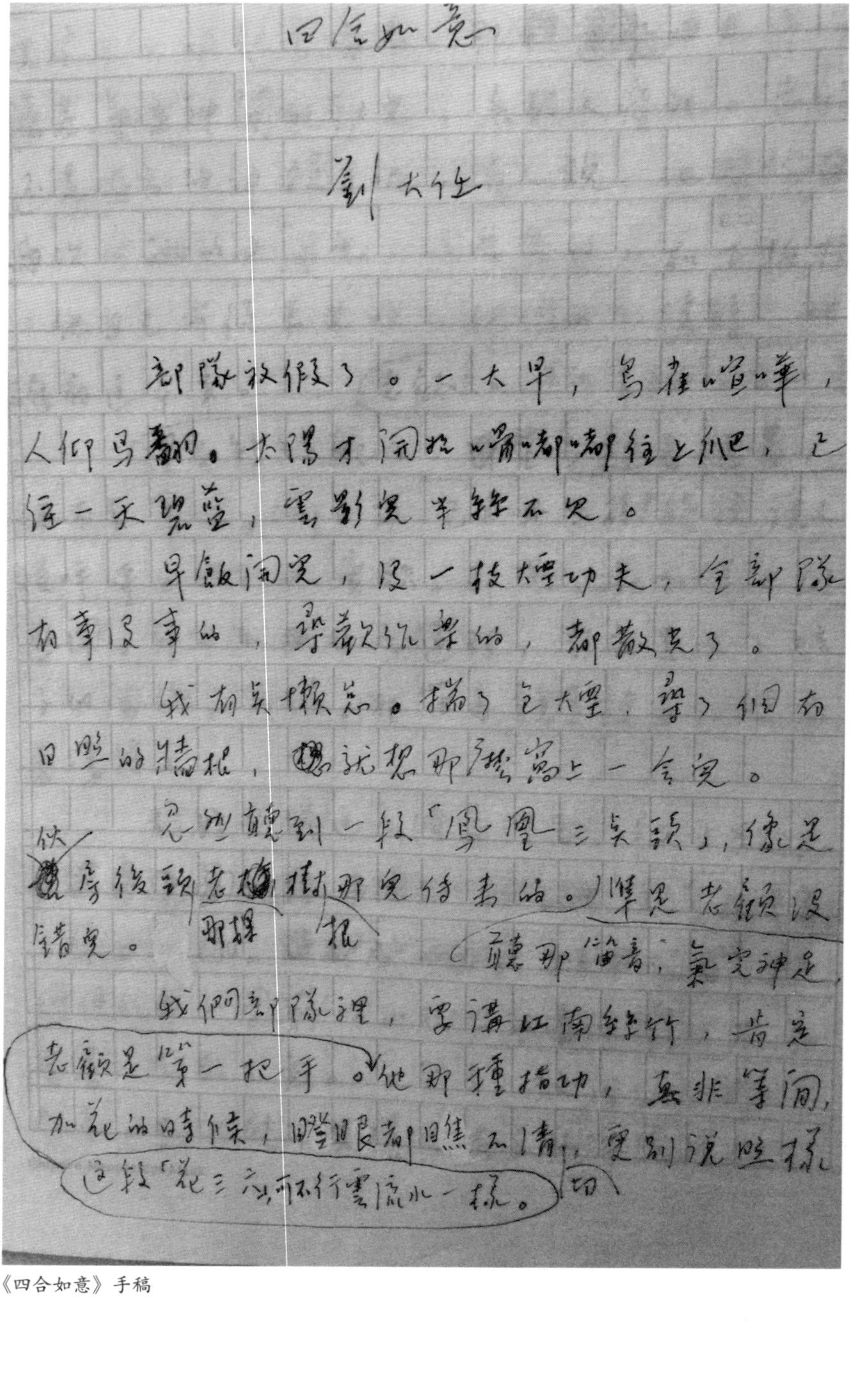
四合如意

劉大任

部隊放假了。一大早，鳥在喧嘩，人仰馬翻。太陽才開始嘟嘟嘟往上爬，已經一天碧藍，雲影兒半絲不見。

早飯開兒，没一枝大煙功夫，全部隊有事没事的，喜歡玩樂的，都散光了。

我有点懶怠。揣了包大煙，尋了個有日照的牆根，就想那麼窩上一会兒。

忽然聽到一段「鳳凰三点頭」，像是伙房後頭老那棵樹那兒傳來的。準是老顧没錯兒。聽那笛音，氣兒神足，

我們部隊裡，要講江南絲竹，肯定老顧是第一把手。他那種指功，真非等閒，加花的時候，瞪眼都瞧不清，更別說照樣切這段「花三六」，行雲流水一樣。

《四合如意》手稿

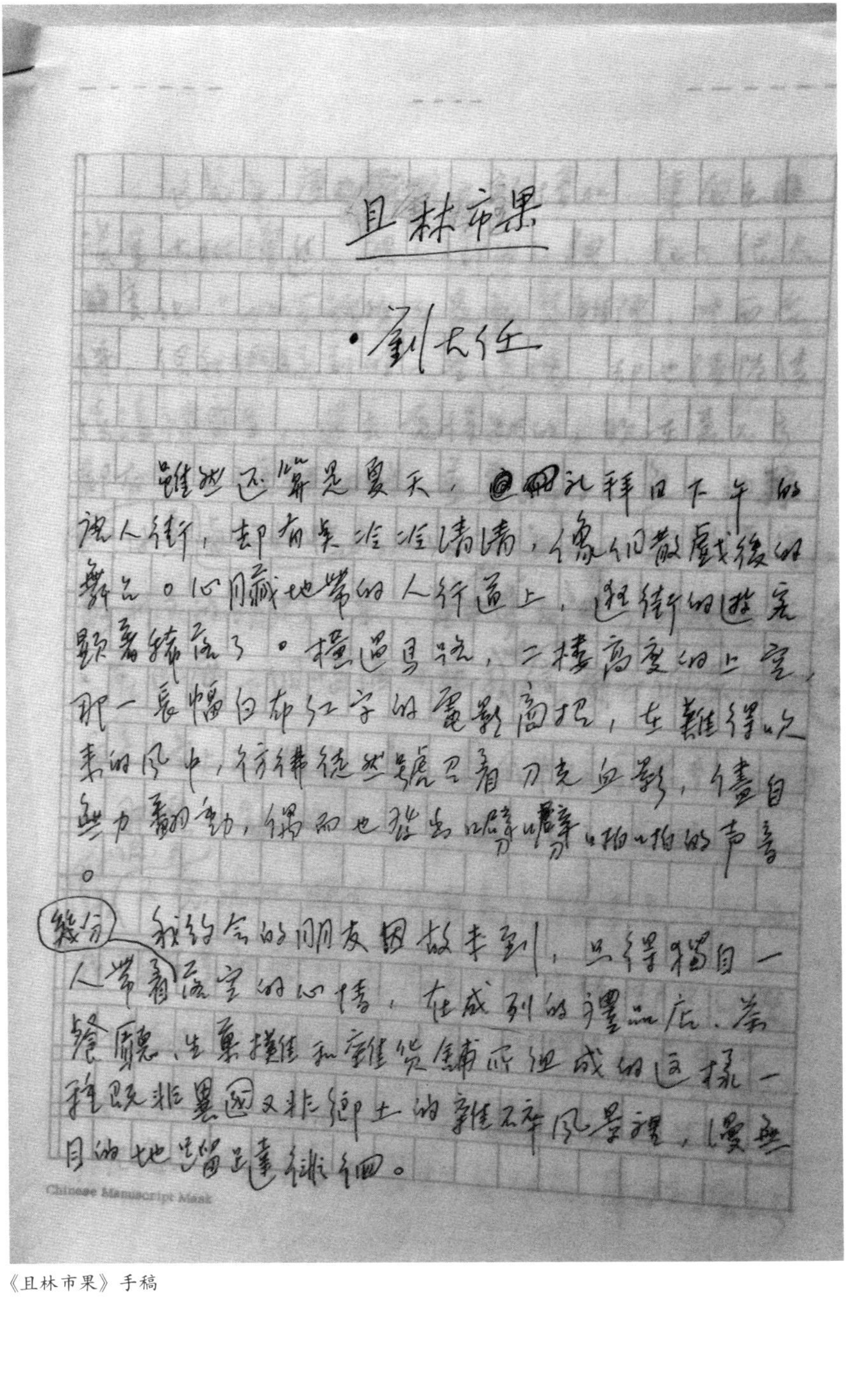
且林市果
刘大任
虽然还算是夏天，礼拜日下午的洛人街，却有点冷冷清清，像个散戏后的舞台。心脏地带的人行道上，逛街的游客显著稀落了。横过马路，二楼高度的上空，那一长幅白布红字的电影广告，在难得吹来的风中，彷彿徒然號召着刀光血影，儘自無力翻動，偶而也發出噼噼啪啪的声音。
幾分
我约会的朋友因故未到，只得独自一人带着落空的心情，在成列的禮品店、茶餐廳、生菓攤和雜货舖所组成的这樣一種既非異國又非鄉土的雜碎风景裡，漫無目的地蹓躂徘徊。
Chinese Manuscript Mask
《且林市果》手稿

自序

小说无非是因生活咀嚼而有的滋味。所谓“滋味”，一般指酸甜苦辣咸，大抵是外物与口舌相遇，在大脑某部产生的变化吧。竟而成了“残照”，那算是什么滋味呢？

凡是中国人，只要读过几年书，大都背过李白的《忆秦娥》。据说，这个词牌是李白首创，然而，这首词是否确为李白所写，学术界却有争论。从该词结尾的“西风残照，汉家陵阙”两句看来，悲凉慷慨之余，场面浩阔，气象万千，若非有李白的才气胸襟，恐怕是写不出来的。

所以，“残照”的滋味，可能要超出口舌甚至大脑的活动范围了。

收集在这里的，一共十七篇小说。大概可以这么区分，篇幅比较长的，大约四五千字以上，包括《刀之祭》，都是二三十岁时候写的；四五十岁写的，篇幅一律较短，是介乎“小小说”与“短篇小说”之间的作品，我曾经称之为“袖珍小说”。

为什么大胆使用“残照”两字作为书名呢？

当然是因为“历史”。

可是，我相信，读者初读本书，很可能看不到什么“历史”，那又何来“残照”？

我们习惯看到的“历史”，事件、人物及其所涉的戏剧性，大都是波澜壮阔、曲折迂回的那一种，日常生活中的小人物，点点滴滴的小故事里面，有“历史”吗？这一层，似乎值得想一想。

有一次，接受访问，曾分析自己的创作态度说：年纪越小，越想写些大的；年纪越大，反而想写小的。有没有完全做到呢？很难说，但确有些轨迹，依稀可循。

举例说，二十几岁写的那篇《落日照大旗》，虽然故事简单，人物也简单，背后却试图影射整个国民党政权失败后的落寞、丧志与无聊。

而篇幅相对短小的《且林市果》，铺张了半天，其实只是要点出一种心灵状态——经过岁月消磨的残存

"革命"意识。

我感觉，我说的都是"历史"，也可以说，就是人的内心深处的"历史"吧。

所以说，古战场固然是"历史"，人心里的那份无可奈何与寂寞，难道不是"历史"吗?

必须向读者介绍一下，创作这两批作品时，自己所处的"历史"背景。

第一批作品，即篇幅较长者，写作时间在一九六五年至一九七一年之间。这几年，对于我这个试图创作的人而言，相当关键，因为：第一，开始意识到，写作初期全面接受的所谓"现代主义"，不能满足社会意识逐日增强后的思想要求；其次，我又不能完全接受流行于三四十年代的以意识形态为主导的写实主义；为了找一条出路，自己尝试一种新的结合，把重视挖掘内心的"现代"与强调反映社会的"现实"，进行"混合编制"。

我当时的生活也处于变动期，一九六五年，我退出意见分歧的同人杂志《剧场》，加入尉天骢主编的强调创作的《文学季刊》。一九六六年，为创刊号的《文学季刊》写了我尝试的“新”风格小说。同年，赴加州大学伯克利政治研究所。

一九七一年海外保钓运动爆发前，我的写作题材主要围绕“遗老”“遗少”两类人，也就是台湾统治阶层的老少两代。相对于官方宣扬的“痛定思痛”“励精图治”形象，我的小说反映的是“失衡”“消沉”和“没落”。

第二批作品，即我称之为“袖珍小说”的，每篇大约两三千字的，写作时间在二十世纪八十年代前后。年纪大了十几岁，“历史”里面翻滚了好几回，对“文字”和“风格”的要求，不一样了。

这一批作品的最大特色是“极简”。

先谈谈那段时间我自己的经验。

一九七〇年冬开始，参与海外保钓运动大约有三四年，对文学的“我”而言，最大的影响是，我的文字已经变得不忍卒读，连抒情散文读起来也像“宣言”

"战报"。

然而，我内心明白，问题不是我运用文字的技巧，问题出在我的文学观与我的政治观互不兼容。我的政治面对而且要求实现一个黑白分明的世界，但我内心知道，我的文学却只能存活于黑白不那么分明的世界。那，怎么办呢？

至少有两三年时间，痛苦不堪。跟我共同奋斗的一些战友，批评我消极、暧昧，后来有人认为，我根本已经转向，甚至背叛。

只有自己知道，如果找不回文学细胞，活着也只是行尸走肉。

一九七六年，终于找到一个远走高飞的机会。

二十世纪七十年代初，联合国在瑞典首都斯德哥尔摩召开的人类环境会议通过了一项决议，来年，即在肯尼亚首都内罗毕成立了撒哈拉沙漠以南黑非洲第一个联合国机构——联合国环境规划署。

当时正在纽约总部工作的我，立刻抓住机会，自愿报名，申请到非洲去服务。

在非洲，前后将近三年，身心内外，接受了大自然的全面彻底清洗，最重要的收获是，发觉自己又可以不受任何意识形态影响，直接面对事事物物，自动产生与人不同的“感觉”。这也就是说，我确知，我的“文学细胞”，复活了。

然而，并不是说，就这样，新的文字和风格，便泉水一样，汩汩涌出，还是经过了好几年的折磨与反复。

努力的过程和变化机制，当然每篇不同，但不妨举个例子说明。

收在《羊齿》一书里面的《清秀可喜》，也是这一时期的作品，写作时，经过一些煎熬。故事的来源其实是我自己参与保钓运动的经验。

出身北大的陈世骧先生，是加州大学中国文学课程的奠基人，在他的卵翼照顾之下，我们几个攻读文科和社会科学的学生，才有可能安心学习和生活。保钓运动爆发后，陈先生的态度比较保守，引起我们反感。那天晚上，大伙在我家的饭桌上编写《战报》，突然接到电话，陈先生心脏病发，送医后不治。

差不多二十年后，我想写个故事，纪念陈先生。可是，怎么写，都觉得不对劲。文字上，很容易滑入感伤，写法上，老是拖拖沓沓。最后想到一个办法，把距离推远，脱离自己的身边，脱离保钓，改为“文革”，这才解决问题。

这个经验说明，写作者与书写对象之间，如果拉开距离，便可能创造必要的空间，不但易于控制文字，组织结构上，更可能从容而为，以求游刃有余。

“极简”的秘密在此。

那么，“残照”滋味呢？

必须有“历史”，我尤其重视埋伏在人心深处的“历史”。

十八、十九世纪以来的小说，许多功能已被取代，影像戏剧的吸引力与感染力，传统小说的形式如何应对？几无可能，也不必要。

我们只能从文字和风格上突破。

我深信，现代小说，在人心与人心的深层连接上，是无可取代的。

收集在这里的篇章，只是我的小小尝试，希望抛砖引玉，引发一些讨论，那就不虚此行了。

感谢胡洪侠先生的厚爱，没有他的眼光与胸襟，我的作品殊少可能在祖国大陆系统出版，那我多年来的认祖归宗心愿，也就无从实现了。

感谢汪小玲女士的繁重编排工作，她的做法，不仅深入细致，而且具有创意，恰如其分地缩短了读者与作者的距离。

二〇一七年四月二十八日

写于新泽西州雅各布溪畔

秋阳似酒

秋阳似酒，他们在午后四时左右进入州立公园，游人已渐见寥落。孩子们兴高采烈，忙着张罗布置，邻近的野餐烤炉上，已飘着肉香了。他一向不习惯指挥，也不想加入，便自行寻得一块略略隆起的高地，且放怀眺望。景观尚可，在苍茫淡远间。左侧有疏林一片，前方有湖水一湾，湖对岸，初染秋色的远山树冠，环湖罗列，笼罩在轻烟薄岚中。他把手帕平铺在石凳上，捶了捶腰，坐下来。他两臂前伸如象征胜利的V字，两手交叠，搁在一根乌木圆头的拄杖上面。秋阳似酒，却仍有未可逼视的毫芒。孩子们在草地斜坡上争逐嬉戏，传来喧哗阵阵。他的思绪任意飘荡，像悬在秋千架上，飘上去，沉下来，又荡出去。他的世界忽远忽近。秋阳似酒，眷顾着他浮降不定的世界。风起时，孩子们的喧哗随风去远，卷向湖岸的芦苇白雪里。风不大，偶尔扫过几片落叶，滚过他脚前。风向也不稳定，仿佛打着转，时而向左，时而向右。左侧风来时，那肃然自成聚落的疏林，联合发出了萧萧瑟瑟之音，许是入秋未久，叶中仍含水分，还不失其滋润。他被穿越树林的风声吸引，在初听仿佛混为一体的风声中鉴别出两种音调层次截然不同的呼号：一似高歌长叹，一似低泣哀鸣。他偏过头去仔细辨认，发现那一片疏林，原是两类不同树种各自成林的并列，两个聚落之间，至少还有二三十步的距离。音速超过风速，高歌长叹的风声传到时，下风处的树林还看不出风力的压迫。这一群身高大约六七十英尺的赤橡，落叶不多，树形大多完整，只向阳面略显干枯。更远处，约莫也在七八千之谱，却是向上拥身直奔的青杨，风吹过，介乎竹柳之间的叶片，纷纷倒向一边，迎空扯起了长条绿旗，连形象也是高歌长叹的姿态，待到穿越赤橡时，这壮阔的空鸣便被万千交错重叠的细柯和外缘深裂如细腰蜂状的橡叶撕成了散粒碎片，发出呻吟似的嘶嘶声来。他偏着头空想：如果现在起身，踱到青杨的左方，等回头风向调换时，或者秩序经此扭转，先碎后合的风声可能悦耳些？然而，他终于知道，他不会为此起身，正像他一进公园便独自一人走开一样，正像他这次来到女儿家里一样，明知无枝可栖还是住不下去。每次都是这样，到了最后一刻，他便起不了身，跨不出这一步去。他依旧坐在石凳上，同空想中的青杨树可能唱出的悦耳歌声相持着。秋阳似酒，虽稍嫌辛辣，却已是老炭文火，静静炖着他的世界。他的世界在这秋日的午后，慢慢炖熟。湖上有一片反光，倒影或许有，或者因为距离太远，只感觉晕晕乎乎，或者暗中正在努力，在黛绿靛蓝间掺糅游移过渡？他在远山的淡影罗列中，看出了枫丹栲朱和山毛榉的紫铜。块状的蜡黄，许是白桦，许是野樱。秋阳似酒。他的眼睛，因为暂时寻不着风的踪迹，反而渐渐合拢。孩子们喧哗阵阵，秋千徐徐荡回。他半闭的眼睛前面，有一排似有似无的黑色栅栏，他躲在栅栏后面，远远望着若即若离的世界。世界平平铺展，在一面间有枯黄羼杂的绿茵上。右前方，一只红色的飞盘，脱手而出，滑翔着，带着旋转，在空气里浮了起来，旋转着，爬升着，恰好遇合了他的视线。他忽然若有所动，看见他女儿随飞盘扬起的那一只手，落地的白鸽一般，收回了翅膀。临终前，她无力的手依偎在他掌中，逐渐蜷缩。他感觉终于团曲成拳的她的手，发出战栗阵阵的痉挛。她的体温，像一握水，从他密封不了的指缝中滴落、漏走。红色的飞盘继续回旋上升，这姿态竟是十分美好，美好如眼帘后同泪水一并窝藏的片刻岁月。第一次他感知她的身体，这掌中的甜馨，至今仍汇注在那里。也是午后，也是这秋日和煦的温度。那一阵，敌机肆无忌惮，在没有任何空防的他的城市里，天井上面的天空，还不到蝙蝠穿刺翻飞的时刻，警报便响了。她总是拖到紧急警报，好占住防空洞的洞口，好亲眼看见装载死亡的敌机在他的天空中飞近飞低飞远。那是抗战第二年，双层翅翼的那一型飞机俯冲投弹时，不仅螺旋桨的转动，甚至飞行员衣袂的飘动，都历历在目。他自知面对死亡时不曾恐惧，因为他感知她的身体。阴丹士林旗袍下，她的肩膀柔若无骨。他战栗着，不是因为恐惧。他手掌的敏感度让他透过衣服直接抚触到她皮肤上麻麻痒痒一圈鸡皮疙瘩。炸弹摩擦空气旋转降落，发出尖锐的呼啸。他感觉他的手掌里，有她的骨骼完整无缺地浮雕出来的形状。他不曾恐惧。红色飞盘越过长弧的前段滑行，旋转着，到达最高点，仍旋转着，好像在利用离心力，要甩掉不属于它不属于纯粹旋转的一切。她的手在他手掌中，相互绞紧，因为汗水而无法绞成一体。“你叫吧！大声叫！”整整两个钟头，他只会说这句话，明知愚蠢无比。整整两个钟头，他努力着，她流汗的手在他流汗的掌中。汗水滑腻，他挣扎着，却怎么也甩不掉掌中一股逐渐庞大的无能感觉。“大力点，再大力点！”医生说，同时暗示护士准备氧气。他从他手掌中她的手指的轻微颤动知道她就要越过最后的界限。他从他手掌中汗水温度的骤降，知道他极力要传导的热力遇到了阻隔，而她正离他而去。“你叫吧！大声叫！”他听见他枯竭的哀告里其实只是他自己的慌乱与绝望。越过顶点的红色飞盘开始下降，这一段弧线仿佛特别平缓漫长，有什么无形的东西稳稳托着底部，不让它降落。然而那支撑的力量，像接近江岸的桥柱，一支支缩短了高度。“你叫吧！大声叫！”他诵经念咒的语调终于化为以后三十年夜半频频惊起的梦魇。这梦魇牢牢把他笼罩把他封闭把他速冻在她临去前切断他掌中热力传达的一击中。然而自始至终他来不及知道恐惧。当难产幸存的女儿小手第一次本能使用握力时，他觉得他右手的食指仿佛被命运捉住，有一种难以摆脱的僵硬。这隔热绝缘的僵硬随后日日扩大，终于全部占领了他的手掌。他远远望着女儿在他结满厚茧的手掌下春笋一般，因为未曾培土而只得一截截自动拔高长大。就像她临终前水一样漏出他的指缝一样，女儿上学女儿长大，女儿毕业女儿长大，女儿做事恋爱，女儿结婚出国，整整三十年岁月当中，他确知他手掌中一次也未曾产生过握紧的欲望。直到小外孙女出生，美国来了信：“……姨妈说，娃娃跟妈妈长得一模一样……”女儿委婉地邀请退休后独自一人生活的他过去团聚。他蹉跎了两三年，终于束装就道，临行还是给女儿补了一个电报：“小住三月，不拟长扰。”秋阳似酒，世界飘过来又荡过去，风已住，红色飞盘兀自旋转，滑翔着，滑过最后一段弧线，越过娃娃的头顶，落在他脚前，跟着飞盘蹒跚奔跑的娃娃，两条小辫前后乱颤，两条肥腿左右摇晃，一身兔宝宝装给纸尿布撑起来，撑成了一个圆滚滚胖嘟嘟的元宝，元宝追着飞盘。“给我，爷爷，给我！”娃娃嚷着，娃娃跑着，忽然绊着了，一跤摔在地上。他手掌在乌木拄杖的圆头上紧抽了一下，他看见满面泪污的娃娃小脸，那两角一向微微上翘却因啼哭而突地张大线条的嘴唇仿佛面临休克，仿佛挣扎探索着急救的氧气罩。一口热血涌向心口，他弹簧一样跳起了身子向前。“给你，宝贝，给你，爷爷给你！”不到一刻钟，娃娃虽然停止了啼哭，他却不自觉地牵住娃娃的手，弯身细语：“来，娃娃来，爷爷带你去那边，去那边听大树唱歌，唱很好听很好听的歌。”五点钟左右，秋阳依然似酒，只不过毫芒尽撤，已经没有了辛辣。

照水

时节将近晚春，似已无可怀疑，这样一个丽日风和的礼拜天，游人居然寥寥可数。

我们在临水不远处选定了野餐桌，坐了下来。

“我还是喜欢这一棵，”他望着池边美人新浴、乱发迎风的樱花树，下结论，“开得尽兴，谢也尽兴！”

我们所在的纬度，相当于哈尔滨，虽有洋流调节，究竟还是太北，花季遂压缩成一两个月。每年大地解冻，姹紫嫣红，仿佛接力赛跑，简直让人喘不过气来。

“这一棵，如果不是前几天突然下霜，应该还有可看的。”

我说。

今年的花季，确实不很顺利。此时此际，杜鹃群植还在打苞，而正当时的山茱萸，这两年来，因遭神秘的真菌侵袭，喷药之后，开花已无往年盛况，特别是“车洛奇酋长”那个桃红品种，凋零尤甚。三四月间，一连两个礼拜的暖流，迎春花、高丽杜鹃、紫蝶玉兰，全受了欺骗，纷纷露出了颜色，一时颇有争春的气象，不料蓓蕾乍绽，忽地一场春雪，从此萎靡不振。樱花的花期稍晚，幸免此劫，但是，都五月了，谁想还有夜霜暗布杀机。今年的花季，确实不很顺利。

本应饱满灿烂的叠瓣垂樱，禁不起微风拂扫，便落英缤纷。随手拾起一片，薄似蝉翼的花瓣，竟苍白如纸。

“上个周末——，只可惜你错过了。”

“其实，也无所谓。今天看到的，也算值得了。”

池水不活，且有淡雾轻笼，看起来，因此更加浓郁。近岸处，满池面静静浮着落花。柳树般的万千枝条间，还不断有褪尽残红的细碎花瓣飞舞飘降。不知是树顶撒下还是池水反射，总之，吃光一照，整个景象，的确痛快淋漓。

从这个角度看花，算是他给我上了一课。

“什么时候看起花来的?”

我于是问。

“我?”

“是啊！从前不晓得你还有这一面的。”

他笑得很爽朗，右手五指微张，向后梳过稀疏的头顶，然后，仰首望天，双腿自然架上了野餐桌。

“小时候，父亲带去的。每年春天都上阳明山。哦！那时叫草山。不是一次两次，花季那两个礼拜，三天两天就去一趟。”

我记得阳明山，小学远足，我也去过，硫黄味像腐烂的鸡蛋，所以一直留着天上人间的印象。

“人有时会走回头路的，是不是？”

他沉思片刻，又补上这么一句。

我以为他终于要说他那一段不算短的政治生涯了，一直以为他不肯轻易开口，正在惊异，不料他又说：

“你从前不就迷花草虫鱼的吗？”

不错，认识他那年，我一屋子的花草虫鱼。一面修学分，一面利用扦插室内植物赚钱。给拉进他那个读书小组以后，居然放下了驾轻就熟的“生意”，改行到唐人街端盘子劳动改造。现在，二十年后，我又迷上了，不过，这一次，不是为了赚生活费，只是玩，而且，既不羞耻，也不委屈。人有时会走回头路的，一点不错。

池对过，我的“富士山”，风华正茂。晨雾染黑了遒曲横斜，树冠平平摊开一大片白云。这个时节，叶芽早已舒展，但因着蕾浓密，花瓣伸张之后，肥硕重叠，便

不见叶而只余绿意于远望中。

“富士山”的发现，是近年来的一大收获。每年此际，都免不了远远近近，细细看上几回。今天，我约他共赏，原觉有些违背初衷，但想到独享如此风采，终于还是给他打了电话。在池边以及山前山后的坡地上盘桓半日，结果他看上的却是池岸乱石中伸向水面的这株垂樱。虽然姿态不俗，主干的直径也有两英尺上下，算来都是百年之物，我还是嫌它太媚，太东洋风，不若“富士山”，骨骼花色，都十足老梅桩的神韵。

二十年前，同在小组“读书”那一阵，我跟他，曾有过中、日文化孰优孰劣的争执。那时候，我是亲日派，他是亲华派。争执的内容，现已不复记忆，只留下了精神面的对阵，仿佛犹有余温。当然，二十出头那一种年纪，所有的争执，都容易白热化，张牙舞爪，就像这园中坡地上下遍植的吉野樱，每一株的枝条，无不放射，无不向上，显然光明就是一切。

现在，我深觉只有老梅桩暗合我的呼吸与脉搏，而他却一面倒向“开也尽兴谢也尽兴”的东洋名物。

今年初，早在我约他赏花以前，曾收到他莫名其妙的一封来信。那是我们分手差不多二十年后的第一封信。其实是张卡片，但是，在我的感觉上，却始终是信。卡片只是普通的圣诞卡，印着雪地、圣诞老人的鹿驾、常青林以及一些无关痛痒的祝福。不过，这张圣诞卡，春节前才收到，所以署名后面，又添了“拜年”两个字。看来，他跟以前没什么两样，向来不问流俗习惯，兴之所至，随手抓一张卡片寄来，满足了他一时的好奇心罢了。不过让我稍稍惊异的，是卡片空白处的一行字：

“听说你又开始玩‘物’丧志了，有什么心得？愿闻其详。”

看地址，才知道他又回到了这个我始终未离开半步的跟哈尔滨划在同一条纬度线的城市。然而，因为信文里暗含的侵略意味，我犹豫着，没有主动联系。不过，信中这句突如其来的话，似乎又掩盖着一些什么，让我着实迷惑了一阵。但接着就是春分，日子一天天长起来，泥土上下，每天都有新的骚动，我全身里里外外，无日不经受那种北地开春似痒非痒的特有刺激，因此几乎完全把他忘了。

说是完全忘了，倒也不尽然。有时，夜间翻阅园林杂志，又不止一次想到他，想到从前，想到这二十年的空白，想到现在，以及他那封没头没尾的信。

他本来就是个没头没尾的朋友。那一年，为了办杂志，我跟他开车全美国到处串联。我把我所有的朋友关系都给了他。稿件、印刷费、发行网，至少有一半，就建立在我多年交往而当时散居各地的朋友身上。杂志出了三期，他的主张突然来了个一百八十度的转变，在朋友们的交相指责下，我不得不脱离杂志，不得不同他分手。

杂志勉强又出了三期，我只是悄悄回到我的专业世界里疗伤。没有了杂志的他，据传闻，开始正式下海，搞政治去了。

“你那棵‘富士山’，也还可以——”野餐后，阳光的热力，渐渐扑上眼睑。他燃着一支饭后烟，说话的声音，有点似睡非睡。“——力量感是有一点，可是，跟这棵比，速度感不够。”

上午在园中闲逛，我已经有点后悔约了他。我知道，只要跟他接触，我多年维系的一点点秩序，便必然要受震动。

“而且——，为什么取这个名字？‘富士山’应该平和庄严，为什么‘富士山’？”

我知道他立刻就要动手摧毁我的世界了，虽然他似睡非睡。

“这一棵，叫什么名字？”

我顺着他的手指，望着他的垂樱。池面的轻雾，早已消失，满眼只剩下白灿灿的闪光。

“照水。”

我说。

“什么？赵什么？”

“照，李清照的照，似水年华的水。”

“照——水？”

他沉吟了一下，若有所思，沉默了。我忽然感觉二十年的光阴在他身上留下了痕迹。一抹恍惚，一丝怜悯，不由自主地浮现胸际。于是，我也沉默了。

我走向池边。这午后园中一时的沉寂，如夜深的烛，续续焚烧，只偶因逐花蜂蝶的闪翅，新旧苇秆摩擦，轻轻点破。胸中无端搅起了一些什么，我似乎有所觉察，又无从辨认。然而，五月中旬异国的阳光如此美好，历史因缘，生命秩序，对视下，仿佛一一织入圈圈波纹，在有形无形之间，自起自灭。回头看，他已经平躺在条凳上，睡熟了。

我没有惊动他，独自一人，绕过池缘，走向“富士山”。太阳已过头顶，缓缓向西边移动。在这个时刻，我知道，“富士山”主干裂纹间留存的片片紫红，恰恰反射着斜照，那色彩和光泽，不可能更好。

他的春眠，足足延续了一个下午，直到我倦游归来，蹑足走近，还可以听见他舒畅的鼾声，如初夏破土新出的蝉鸣。

步出园门的时候，他主动告诉我，他退了出来，不搞政治了。“为什么呢?”我问。“没什么，搞久了，总觉得无非是你在我背上插一刀，我在你背上插一刀。”

北国的晚霞也跟北国的春天一样：难得盼来，但只要一来，便不可收拾。园门外的天边，正有豪华的演出。

落日照大旗

01

吴委员朝西的“半山居”经常有较长的黄昏，入夜之前，晚霞在庭前张开了半天的斑斓，几天来因雨带来的一股闷气现在开朗了。满庭院飘浮着桂花的清香，隔屋里的麻将即将终局，不时仍传过洗牌的声音来。

隔着一道竹篱，从吴委员铺满了高丽草的庭院望过去，高司令的“苔芦”是建筑得粗糙些、宽大些，可趣味也显然差得多。不说别的，偌大的一个庭院竟没有一株花草，仅仅在院角横七竖八地野生着一丛竹。竹叶底下，半埋着一座桧木板钉就的大鸽笼，每天的这个时辰，吴委员照例坐在他的书斋里，望着他的芳邻穿了一套白府绸的睡衣从廊檐下踱出来，从容地打完一套拳，然后口中念念有词地踱到鸽笼前，弯身打开笼门。鸽子们兴奋着，噼噼啪啪地飞跳着，一只接一只箭一般地射出来，飞入灰蒙蒙的空中去。鸽翼的拍击声混合着鸽铃的回响，一下子把吴委员的思绪带入了半空中。但见高司令迈开大步，双手摇着一支顶端系着小白旗的长竹竿，四处挥动着，口里大声嚷着：

“飞呀！飞！不要停，飞！”

吴委员摇摇头。

“疯子！”他说。

他望望半空里飘扬的小白旗。

“疯子！”他说。

他从书桌后面站起来，蹒跚地步入满溢桂花香气的一院夕阳中。

扁大的落日，好似泡在水中的猪血一般有些肥肿，正逐渐向一群氤氲中沉下去。

02

吴、高两家结亲也快两年了。虽然这对亲家两头的男主人至今仍有些“鸡犬之声相闻，老死不相往来”的遗风，但是，每日的牌局早已在两家象征性的竹篱之间开了一扇便门。日久之后，竟而以高家的正厅为起点，通过了吴委员辛苦经营的高丽草坪，渐渐踩出了一条明显的便道来。这虽然大大地违反了吴委员的心意，可是，正如同刻在脸上的皱纹一样，这半山区的二十几户高尚人家的太太们，就是这样不知不觉地、日积月累地形成了她们的生活方式。吴委员有一次写信给远在异域的一位老友：

……迩来精气体力大不如前，人情不屑多顾，世事唯有不争，五四豪情，尽付流水……

远在异域的何教授——当年一起办杂志、搞运动的朋友，现在也不怎么得意。至少，当年几乎当众焚毁的一本《论语》现在竟成为他授课的教本之一的这个事实，便足够他宿命论者似的悲哀了：

——人生竟是这样恶性的一个循环么？

但是何教授仍坚持着他的白话文。

如此互通声气的通信，一度确实刺激着吴委员，他还特地进城找着了一家精印信笺的商号，在胡开文买来的一刀宣纸上，用朱印把他自己精雕的“半山楼主”的图章做成了版，印在笺尾。再加上笺页上淡墨轻扫的几笔兰草，这一沓私用笺纸确是颇雅致地传出主人的修养来。吴委员一度也想着：异国的生活终归是太粗糙了吧。

然而这晚年骤勤的通讯不久也就断了。虽然，这样的唱和来往也有二三十封信，前前后后也有二三年的光景。然而，也终于渐渐地断了。据辗转传来的消息，说是何教授的“中国思想史”的讲座在美国的大学里是非常叫座。尤其是清末民初压轴的一段，更有现身说法的味道，予人以历史的真实感。难怪美国大孩子们在所谓“中国热”的浪潮中，几乎把何教授奉为神明了。鳏居十余年的何教授最后给吴委员的信曾这样以他坚持着的白话文写着：

“……老友，不是我忍受不了孤独，不是我无力抵抗寂寞。初来美国，我还有归隐山林的雅兴，十多年来，生活在这个年轻的社会里，无端地也跟着紧张起来。中宵无寐，我的感官竟复活了，想起当年我们熬夜赶稿完毕后，跑到八大胡同去睡觉的那股疯劲，你该还记得梅香那小妮子吧？右乳房上长着两根粉红色细毛的那个丫头……”

何教授结婚的消息也是辗转传来的，已经是他们停止通信的半年之后了。吴委员收到儿子赴美的第一封信，上面附带地提了这件事。“逆子，是示威吗？”吴委员想。然而，三年来第一次接到儿子的信，总是有些安慰的。

也就是从那时候，吴委员渐渐地把心情安顿下来，开始专心于写字了。偶尔遇到一块好石头的时候，他也刻刻图章。由于这些年来烟酒不沾生活的节制，年纪虽然大了，眼睛还瞧得清，手也不发颤。可惜台湾确实是不容易找到好石头，一两块杂色鸡血石亦成珍品了，遑论其他。所以吴委员终究是专心在写字上。刻图章不发颤的手，拿起了笔管却控制不住。吴委员早年也是个书家，三十年来的宦海浮沉，早已荒疏了。每天清早起来，吴委员叫阿珠到山后去舀来一盆冷泉水，把手往水里浸上半小时，再开始研墨。初期的时候，他临小篆，慢慢地，他开始悬腕写隶书了。

清晨的半山区远离着尘嚣，即使是山坡下的公路上也少有车辆驰过。远远的一些狗吠，近近的一片虫鸣，渐渐地，邻近的鸡唱了，鸟儿也开始噪闹起来。吴委员把他写就的长幅横幅的字钉在书斋的墙壁上审视，他从几个月来的字迹里巡视着自己的心境，他翻出三十年前给一位老长官写的一篇墓志铭来对照，那样豁朗的笔法已不复可寻了，他知道。然而，他的笔画也在日渐凝练起来，他想：从这里往前去，也该有一片新气象，像灯下的这张宣纸一样，白白地、平平地舒展开来吧。第一班公路局的汽车驰过了山下，吴太太在催着阿珠准备早点、泡茶了。吴委员持了手杖，走上了他每天散步的那条通往公路的下山道。这条路虽然铺着碎石子，路边的野草仍蔓生到路面上来。吴委员顺着下山的坡度，慢节奏地踱着他的步子，不时用手杖把碍眼的乱石拨到路边去。每天这个时候，高司令牵着他的两条狼犬从公路上散步回来，狼狗们像鼻子长着疮似的，到处往草丛里嗅擦着，莽莽撞撞地拖着肥胖的高司令往上跑，两位亲家照例默默地点了点头，冷冷地擦肩而过。吴委员用手杖把狼犬方才嗅舐过的裤管挥了几挥，吐了一口痰。

“畜生!”他说。

03

“亲家都做了两年了，还是这副死脾气。”

吴太太一面吃进一张七条一面说。

“真是的，你们两个也不张罗张罗，这样子冰炭一般的碰不到一块，别说是你们亲家，我们做邻居的都跟着别扭。”

今天的牌局开在章公馆，章太太是个瘦瘪瘪的牙齿熏黄的当年也红过一阵的抽烟的女人。可是她家的醉蟹全山有名，所以秋后的牌局多半移到章公馆了。

“有什么法子呢?”高太太说，“我们那一头还好弄一点，虽然有时候嚷嚷一阵子，到时候也就会依了你。”

“碰!”胡太太说。

“真是的,”章太太说,“人家到手的一张绝张又给你碰断了,你死做吧,看我拆了给你才有鬼。”

章太太打牌一向以牌扣得紧出名,刚好碰见喜欢做对对和的胡太太坐在她下家,到嘴的牌总是给硬碰掉,真是一肚子窝囊。不过章太太是最善于在牌桌上做人缘的,她家的醉蟹又好,章太太的丈夫也知道太太打牌输些小钱是有利无弊的小投资,所以特地把朝东的一间卧室开成了雀战场,铺了地毯,挂了窗帘,并且加装了一架小型冷气机。章太太的丈夫是司令的老副官,现在是司令那间专科学校的总务主任。

每次换到章公馆来开局的时候,吴太太总是觉得不能招待姊妹淘到自己家里去玩是件多么委屈的事。

“别的不说了,十几年住在这个鬼地方,朋友都疏远了,说是装部电话嘛也不肯,又不要自己花钱,公家总算是照应了。普通人家申请半年还申请不到,听说转个手也有万把块钱呢!”

吴太太说着,把摸进来的一条插进去,换了四条打出来。一下子变成了清带幺,心里少不得舒服些。

“唉!反正是日薄西山的岁月了,随他高兴怎么过吧!”高太太说。

“话当然是这么说，可也有人这把年纪还有声有色呀！司令不是做到了头吗？本来退下来不也是可以吟风弄月过日子吗？司令可从来就没有闲着吧！”

吴太太本不想闹嘴的，不过话到了嘴里就也不想往下咽。吴太太一口气说完了，忽然看见对家打出一张六万来，也顾不得清带幺不清带幺，就把牌给摊了下来。

“算了吧，”高太太说，好像打圆场，却不知道为什么，“我看他办那个学校迟早要焦头烂额的，上学期一张聘书没发好还差点儿闹出人命来呢！”

“不过现在办学校哪有不赚钱的呢？放着点儿心吧，等着一栋栋大楼往上盖就是了。目今又不是打仗的年月，太太平平的，不办学校不赚钱还干什么呢？我看你呀就少往这上面操心事，倒是把两个老冤家好好凑凑是正经。”

章太太左手伸到茶几上的烟罐里摸出来一支三五，右手忙着把放倒了的万字东风正过来，左手又划了根洋火把烟点着，接下去又说：

“今年的聘书怎么说呢，吴太太？劝他出来教教书总比在家里闷着强，不是吗？”

“出来跟年轻的孩子们混混，说不定可以化化他那副硬脾气的。”高太太说，她直觉地感到自从高司令变成了高校长，他的谈话的语气都转变多了。家里来往的人，虽然多半仍是跟着司令一块退下来、一块去办学校的那批老部下，可是也不知道为什么，她直觉地感到这些人，连司令在内，都文化得多了。

“杠一个！”胡太太说。

“而且教书也是清高的事呢！又是科主任的头衔，独当一面的，也不知道费了高太太多少唇舌才说服了司令的。”章太太说。

吴太太闷着脸不说话，她不知道怎么对付吴委员，四五十年了，她还是不会。

“委员已经回了信，聘书也退回来了。”

高太太斜着眼偷看吴太太，几十年的结拜姊妹了，她想。当年那么风头的角色，怎么尽是对他那么服帖呢？

“我就想不通有什么深仇大恨的，”章太太说，“孩子们的戏也该收场咯，又是要脱离父子关系，又是亲生的女儿扫地出门啦，现在的孩子们管得住的吗？他们办法多得是，不声不响，飞机票买好了；不声不响的，结婚请帖寄回来了，你怎么办呢？他们长了翅膀就飞走了，你能怎么办呢？”

章太太越说似乎越起劲，不觉就想到了自己在美国学校读书的女儿了，心里也有些不自在起来，她把吸剩的烟屁股用力挤烂在烟灰碟里，端起茶杯来咕嘟咕嘟地漱了漱口，两手哗啦哗啦地洗起牌来。

“好歹你们亲家是自己人结了。我家那个丫头，将来还不知道搬个什么黄头发绿眼睛的妖怪回来呢，我又能怎么样呢？还不是得咽了这口气。秀棉啦！莲子汤好了没有？端过来吧！”

“就来啦！”秀棉在后屋里应着。

“也不是在为孩子怄气了，结婚都两年了，这种事也没有过不去的。”吴太太说。

“你看这日子去的呀！已经两年了，该做美国人的爸爸了吧！”章太太说。

“两个人都是学的文科，半工半读连债都还不清，哪儿还敢生呢。每次寄点钱去都原封不动寄回来。年纪一点点大，脾气吗？一个模子里铸出来的似的。”高太太说。

秀棉端着托盘进来，站在章太太后面。

“太太！”她说。

“搁在茶几上吧！”章太太说。

“要不要毛巾？”她说。

“不是早叫你放在冰箱里冰一冰吗？”章太太说。

秀棉把莲子汤分放在两角的茶几上，退了出去。

“笨头笨脑，这鬼地方连个伶俐点的佣人都找不到。”章太太说。

四位太太端起莲子汤来喝，牌局仍然继续着。

“我想他们现在也不是真有什么过不去，还不是一张老脸拉不下来罢了。”吴太太说。

“你看会不会还是为了过去那个老疙瘩呢？”高太太说。

“什么老疙瘩？”章太太一下子给提起神来，一顺手把扣了半天的白板丢了出去。

“碰！”胡太太说。

“哎呀！”章太太愣了一下，才又回到老问题上：

“什么老疙瘩老疮疤的？还不是当年那回搞选举的事！都差不多二十年了嘛！”

“我不晓得，总归那时候都脸红脖子粗的，票又分不清楚，这派那派的差一点儿动了刀枪。这些年阴错阳差地又住在一起，再加上两个小的要死要活闹那么一场，我实在不知道该怎么打圆场。”

高太太说着话，心里倒确实希望吴太太她们能出点主意，拿出些招儿来。两只手捏着一张二筒翻来覆去地单钓着。

“我看那疙瘩虽然还在，倒也不是症结，还不是张面皮罢了。”吴太太说。

“哎呀，管他们是面皮也好疙瘩也好，亲家嘛总归是亲家，虽不必有说有笑也总不能见了面就紫涨着脸，斜瞪眼的不是？多少年了，什么大风大浪都过去了，现在又何必……”

章太太话讲到一半，忽然摸进来一张五筒，盼了好半天的，这下子可凑成了三四五筒的一副一般高，双龙抱算是听牌了，心里一欢喜，把多下的二筒才一翻开，对家的高太太还没来得及摊牌呢，下家的胡太太可又说话了。

“和了！”胡太太说。

04

每月的七号是吴委员进城的日子。今年的台风比较少，而且多半过门不入，立秋已经很久了，夏天仍拖着个长长的尾巴恋栈着。吴委员今天穿上了他那套马海达克龙的浅灰色两截凉衫。院里派来的车子八点钟起就在坡底下等候着了。吴委员整理着他的一批旧文稿，阿珠跑来催了两次才收拾了一下他的书桌，把写好的挽联卷在腋下走出门来。吴太太弯着身子在葡萄架下给兰花淋水，探出头来说：

“别忘了把我送修的眼镜带回来呵!”

“是了。”

吴委员漫应着，心里仍推敲着那副挽联中的文气。“怅望云山知几重”，这一句是不是太离谱了点呢？他想。这样子传出自己的心声恐怕已超出了吊丧致哀之义了吧。吴委员一路追索着自己写这句子时的动机，车子已跑在宽广的公路上了。晨阳斜射到后座的吴委员脸上，十分地耀眼。“今天带些什么给她呢？”他想着想着，出门的意绪似乎顷刻之间又秋阳似地温煦了起来。

吴委员刚下车，收发室的老王便迎了出来。

“吴委员，早上让司机带去的，他忘了来拿。现在交给您吧。一共是三件，昨天才到的。”

三封信里面，两件是红喜事，一件是白喜事。吴委员接过来先把讣闻拆开来看，心里嘀咕着：“又是谁呢?”这些年来，殡仪馆差不多成了他看老朋友们的聚会所了。吴委员低着头走进了大门，甬道边上植着两排木麻黄，一阵风过，嗖嗖地落下一阵枯叶来。

“吴委员，您早!”

陈秘书从桌位后面站起来，接过了吴委员手上的挽联。

“是大后天公祭吧?”

“是的，是十号。委员到时候要不要车子？”

“嗯，你派辆来也好。七八年没见了，想不到……”

陈秘书一面应对着，一面悄没声息地走回到自己的办公桌前，拔起沾水笔在记事历上匆匆记上了一笔，顺手抽开左面的抽屉，拿出来一个牛皮纸封袋。

“是上个月的公报和一些通知、文件，我都遵嘱给您收在一起了。”

“谢谢你了。”

吴委员顺嘴说着，却想起书斋里的架子上堆得高高的一沓同样形式的牛皮纸封袋，怕要设法清理一下了。

“另外还有几首最近胡诌的东西，还请您指点指点。”

陈秘书特地把几张十行纸从牛皮纸封袋内抽了三分之一出来，恰好露出他精心缮写着蝇头小楷的分行，然后恭谨地递给吴委员。

“虽然是些应酬祝嘏之作，韵脚还用得满险的。”陈秘书说。

吴委员拾起了手杖，拎着牛皮纸封袋闲踱到委员休息室去。小杨给他泡了一杯香片，热气腾腾的。只是一味枯坐着，几位平时可以勉强谈谈的朋友也没见露面。他就着冒热气的茶杯，把那些公报、记录之类的东西抽出来翻阅了一遍，也没怎么太理会进去。休息室里开始还只有三三两两的几个人在细声地聊天或翻阅报纸，不知何时进来了一位戴墨镜的年轻记者，猎狗似的到处乱钻，喧嚷的声音便忽然大起来了。吴委员一面戒惧着这头乱窜的小猎犬，同时又想起装裱铺里的几件东西已送去很久了，遂打消了喝完这杯茶的念头，起身踱了出来。

午后的街面上又嘈杂又混乱。吴委员深深地嫌恶这潦草而又迅速地膨胀起来的都市。原打算到“鸿祥”去给她买一块旗袍料的，转念一想，不如把刚裱好的那幅朱敦儒的“鹧鸪天”带去给她悬在客厅的粉墙上。虽然题旨似乎不太适合，可是这篇字却是他近来比较满意的。遂临时叫三轮车夫换了个方向，转到植物园附近比较宁静的住宅区去。

打发了车夫，吴委员刚伸手要按铃，就已听到玄关右侧的廊檐下传来一片清脆熟悉的风铃声。

出来开门的是阿英。

“出去做头发啦！她说您来了就先泡茶给您喝。”

吴委员被她率直的话给逗笑了。把手杖交给阿英以后，从上衣口袋里掏出来一张五十元的钞票。

“去中药房里称两胖大海回来给我泡杯菊花茶，再带几个香瓜回来好了。”

“这样还有多呢！”

“你不会收起来吗，傻丫头!”

“真多谢啦!”

阿英肥肥短短的身躯已经要跨出大门了，玄关的吴委员才记起来喊道：

“冰糖还有没有?”

砰的一声门关上了。

“有啦!”

阿英在大门外叫着。

吴委员舒展着四肢在沙发上坐下，夏天的余威似乎给挡在廊下几株尤加里的外面，市声似乎更在那以外了。只有断断续续的晚蝉间歇地漏进这一室宁静中来，像打着催眠的节拍。吴委员握着折扇的手不知何时起已像婴儿般的半张着，直到兰心蹑手蹑脚地进来，捡起了落在榻榻米上的扇子对他的耳朵猛扇了一阵。

“哦!”吴委员伸了个长长的懒腰，“真是个沉闷的天气。”

“这么热的天气，也不会把冷气开一开。”

“开小一点吧，这几天喉咙有些干燥，已经叫阿英去买胖大海了。”

“不是都泡在你面前了吗?”

“哦!我真是困着了呢。”

兰心到冰箱里取出来一条毛巾，一瓶汽水，亲自来服侍吴委员。兰心是个三十岁开外很好看的女人，她给人的第一个印象就是幽林中的一泓清水。她在屋子里忙着一些琐碎的收拾，她是一个有着极端洁癖的女人。她说：

“我今天买到一些嫩藕，我去洗干净了冰起来回头给你吃，好不好？”

“嗯，”吴委员说，用毛巾擦着脸，“我给你带了一幅字来，我看可以把那幅中堂的山水换掉，挂上这一幅是不是显得淡雅些？”

兰心走过来帮着他把朱敦儒的“鹧鸪天”摊开来。

“我不喜欢‘且插梅花醉洛阳’的那一句。”兰心说。兰心想今晚上倘若给沛如看见了这几句刺眼的话，他会怎么想呢？

“我也不怎么太喜欢朱敦儒的，总是太疏狂了些。”吴委员说，“前些时高老头子又来送聘书，我一时兴起就抄了这一首连同聘书一并退还他。后来自己读读又不觉有些喜欢他的傲气，就重写了几张，这一张是写得比较满意的就送去裱了，原来也不打算……”

兰心怔怔地痴望着吴委员慢慢地又把朱敦儒的“鹧鸪天”重卷起来，心里忽然一阵酸楚。自从秉秋过去后，这五年来她像一潭死水样地躺在他的臂弯里，无风无浪的。然而她知道现在正有一条船缓缓地、坚定地开进来。她望着吴委员银丝般的白发，晚蝉在檐外的尤加里上嘶叫着，市声在远远的远方。兰心说：

“你这杯胖大海怎么还不喝呢，都凉了吧，我去给你加点冰糖冲点开水。”

“不用了，”吴委员忽然说，“沛如的事你答复了没有呢？”

兰心端着那杯胖大海的手又放下了，顺势坐在榻榻米上，把身子半靠到吴委员搁着腿的藤垫上。

“嫁给医生总归是个好归宿。我这两天腰气疼也正要找他瞧瞧。”

兰心始终都不作声。吴委员想，是不是他刚才的话说重了呢？他想他这话也并没有什么怨恨的意思，他想她也明白的。

“带我去听今晚的‘红梅阁’好不好？”

兰心仰起头来说。

“不了，”吴委员说，“我七点钟还有一个棋局要去会一会，就在你这里吃了晚饭吧。”

吴委员坐在“弈园”的角落里。七点半钟的时候，他的棋友打电话来取消了赴约。他一个人闷闷地踱回到他原来的角落里，闷闷地一个人打谱消遣。隔邻的一桌上有两个中学生模样的棋迷，书包就挂在椅背上，兴高采烈地为打劫争论着。吴委员觉得有些没情没绪。“弈园”的灯光有些黯淡，看久了密密麻麻摆着的黑子白子，眼睛竟有些昏花起来。

“呵！差一点又把老婆子的眼镜给忘啦！”

05

花开花谢，春去秋来，十余年中，半山区的生活轨道很少变换节奏。当然，像任何太平地方，任何太平时代的历史一样。偶尔，不知从何处，也会飞来欢乐的小精灵，在夕阳的余韵中，为这被降福的国度，为这群烦闷的生灵们洒上些金粉。

吴高两家张罗喜事一般地慌乱着已经一个礼拜了。尤其是妇人们，竟至于连清明祭祖日都照常举行的牌局却忽然断了线了。首先是三个月之前，小两口从美国来了一封信，简单扼要地向父母亲暨岳父母大人们禀报说：“得一子。”这个小小的炸弹已经就把这两门子亲家轰得不知如何应付了，关系在微妙中发展着。

有一天清晨，仍然是那个散步的时间。高司令正埋头跟着狼犬们上坡，在老地方又碰到了吴委员。一切像往常一样，只是吴委员一反往常急急侧身而过的姿态，却带着些稀有的笑意站在那条碎石子路的当中，高司令拉住拴狗的皮带，先是笑笑，然后说：

“你起了个名字吧?”

吴委员没有作答，仍是侧身而过，却忽然回过头来说：

“这条路也该整修一下了，下雨后总是泥泞难行。”

然后是两个月前的第二封信：小母亲产后体弱，又要兼顾学业与工作，终于操劳过度进了医院了。

然后是一个月前的第三封信：“……儿子不孝，只有把抚养第二代的责任暂时寄托给大人……”

然后是上礼拜的电报。

松山机场的候机楼里熙来攘往，冠盖云集。政府的官员们、工商界的巨子们、上流社会的仕女们在这里做着他们送往迎来的日课。扩音器里播出服务小姐银铃般的声音：“泛美航空公司由东京飞往香港转赴曼谷的第七五二号班机，由于气候的影响，延迟半小时抵达……”

吴高两家的家庭会议仍然在候机楼旁的咖啡厅里进行着。高太太坚持着雇奶妈的钱她要负担一半；吴太太说这样的话索性把两家的院墙打通了，把房子也改成一幢，你们住西厢房我们住东厢房……

吴委员拾起了他的手杖踱到停机坪前的栅栏边上，高司令跟了过来。

“今年的春联该替我写一副了吧，往年都是学校里的秘书做的，尽是些桃红柳绿，俗耐不堪的东西。”

“学校里的国文教学，材料也太陈腐了些。应该选些精练的白话文给孩子们读读……”

吴委员说着，用手杖指着远远的一个小黑点：

“该来了吧。”

上山坡的这条小路又铺上了一层新石子，颇有些使不上力。吴委员把他的长衫捞起来在腰肚上打个褶，怀里捧着头发还未曾长清楚的小生命往上爬。亲家们在后面跟着。远远的大门口，阿珠已经把早就准备好的爆竹点起来了。一阵噼里啪啦的声音响彻了云霄。小家伙在怀中被惊醒了，哇哇地大声啼哭起来。吴委员喘着气，喃喃地说：

“乖一点，你这个小美国流氓，以后要听公公的话……”

新雇的奶妈从后面跑上来要接过去抱，吴委员说：

“不用你，就要到了。”

小家伙不停止啼哭，幼小的四肢在吴委员怀里有力地踹动着，吴委员没有烦，心里却想：“怪不得我老觉得这条路有点什么不对劲了，两边连棵树都没有长。”他继续哄着孙儿说：

“不要哭了，小美国流氓。过两天公公去园艺所里移些凤凰树苗来种在这里，将来在你头顶上开满红红的花儿。再过四五年就可以跟着公公散步了吧……”

一九六六年八月写于台北

四合如意

部队放假了。一大早，鸟雀喧哗，人仰马翻。太阳才开始骨碌碌往上爬，已经一天碧蓝，云影儿半丝不见。

早饭开完，没一支烟工夫，全部队，有事没事的，寻欢作乐的，都散光了。

我有点懒怠，揣了包烟，寻了个有日照的墙根，就想那么窝上一会儿。

忽然听到一段《凤凰三点头》，像是伙房后头那棵老树根那儿传来的。听那笛音，气完神足，准是老顾没错儿。

我们部队里，要讲江南丝竹，肯定老顾是第一把手。这段“花三六”，可不行云流水一样。他那种指功，真非等闲，加花的时候，瞪眼都瞧不真切，更别说照样儿学了。吹起长音来，那股子绵绵密密、气定神闲的劲儿，真叫人爱死。老顾还是有名的神枪手呢。有人说，他能瞄准两次心跳的中间儿，冷合合的，扣下扳机，他自己可从来不吹，但谁也不怀疑，他确有这本事。

老顾吹的，是他拿手的《四合如意》。没有丝弦配合，笛音听着听着，便有点单调。特别是“花三六”一泄劲儿，转悠悠地，滑进了“慢六板”。那日头，已冉冉在树梢头，让人暖乎乎。曲子的“卖头”即兴流畅，花加得也挺热闹。可不知什么道理，肯定是少了弦子的关系，我猜，那笛音听着听着，便有点凄凉。

烟丝儿尽这么缭着绕着，半天才散，又缭着绕着，手向上一遮，眯眼看去，那烟便乱成一团雾。山脚下起着白雾，不怎么浓，却散不完。冒起来，散开，下面又冒起来。就这么，先浓后淡，团团滚滚。

那天只有一名女犯。同班长一道，坐在驾驶员旁边。“思想犯，”老顾说，扣扳机的食指伸着，指了指脑袋，“这儿有问题。”大伙儿笑着。山脚下，白雾弥漫。

车停在路边。班长眼睛每人脸上转了一圈。“老顾！”他下达命令，“就你，带上小王，你们俩走一趟。别走太远，有雾，看不清楚。”大伙儿又笑了。

女犯还是个姑娘，二十出头，模样儿挺素净。头发没结辫子，剪得短短的，使个亮闪闪发夹子别着。一身爱国布，上下两截，洗得起毛泛白。

笛子从《行街》转入《云庆》，有股满天神佛的味儿。

老顾揿住姑娘双肩。“跪下！跪下！”声音里透着老大不耐烦。我解开反剪肘腕上捆着的绳索。捆得死紧，只好歪头用牙咬，腮帮子凑巧挨擦着姑娘细细皮肉，一下子心跳起来，双手合着只活蹦乱跳的蚱蜢似的。

“还有什么话，说吧！”老顾拨开了枪机保险。姑娘的脸像白雾，迷迷蒙蒙。“你们——随便哪一个——”姑娘说，“成全我。这一辈子，还没碰过男人。”姑娘没有低头。

那天，我硬是不争气。头一回，老顾说，总难免这样。我的手指，尽哆嗦着，就是扣不下去。老顾也有鬼，开了两枪才了结，第一枪歪了好几寸，擦在脖子边上。

《四合如意》到了结尾部分，是“快六板”。笛音不知怎么回事，慢慢拖着。其实也不算荒腔走板，拍子都合，丝丝入扣，可是听起来，就是慢，慢慢吞吞拖着、拖着，好像不让它完。

满地下，已经是白花花的太阳。

草原狼

踏进“草原狼”，大约在向晚时分，天色尚未全黑。因为背对门，身子堵住光源，面前又是一条向下开的楼梯，我忽然失去了百分之九十的视觉，仿佛刚走进电影院，只模模糊糊觉得灰影幢幢，什么轮廓都分不清楚。

我一面摸索楼梯扶手，一面睁眼调整焦距，一步步踏下梯级。迎我而来的，首先是维瓦尔第的《四季》，接着是黑啤酒的半熟烂的气味，然后才是小杜的声音。

“这里——”我看见远远的角落里，地下室暴露在外的钢梁底下，站起来一条细细长长的白色人影，“老位子，还是老位子！”小杜挥着手。

小杜一向喜欢穿素着白，即使在学运高潮那一阵，每个人的发型、装扮，都激烈变化，他还是那个调调儿。他的声音，倒是一成不变。有种人，一到发育时候，喉结忽然冒出来，冒得比常人更突出，声音立刻粗壮了。脸上长满青春痘，说起话来却很苍老。然而，几十年下去，也就这样定了型，再也不变，好像声音先行，年龄再从后面慢慢赶上，赶到眼角眉梢出现了鱼尾纹，才相互会合起来。小杜的脸上，当然还是光洁鲜溜，只是下巴颏圆了些，不过，他就是这一型的。我坐在他对面听他说话，看他表情，就觉得他原先那种声音、举止同年龄无法吻合的别扭感觉，现在都没有了。不过，人虽然成熟了，他还是喜欢银装素裹，这一点，大概跟年龄无关，是他性格里面什么不变的东西吧。

"这次出来，是为了充充电……"小杜答复我的问题。"充电？"我愣了一下。声音虽然没变，语言却变了不少。在研究室接到他电话的时候，也愣过一下的。

"我在酒廊等你。"他说。"酒廊？"本来，八九年不见了，一听他的声音，虽然是电话里传来的，我也有回到当年的感觉。但是，一听到"酒廊"，又觉得遥远了。"'草原狼'嘛，不记得吗？这里还有谁？都约了来吧！"

这里其实谁也没有了。麻花去了德州，鱿鱼走得更远，听说家在东部，人在巴黎。二马跟土豆都在中西部。这里，这里这八九年，就剩我一个。

"去年夏天，我去伦敦招标，旅馆里居然碰到鱿鱼，你说巧不巧?”

“他现在怎么样了?”

“老样子，多了一把胡子，其他都一样，照旧跟老婆吵架，闹离婚，闹了十几年，儿子都上大学了。”

“麻花呢？有他的消息吗?”

“别提了，前几年，回台北开会，电话都不打一个，还是从报上看到消息，算是赏脸，一起吃了顿饭。”

“现在风光得紧，报上常看到他的名字。”

“可不是，八面玲珑。北京请他，他讲现代企业管理；台北请他，他讲国际融资……”

“融资?”

“融资就是financing，我们都这么说的。”

“呵!”

“二马跟土豆，混得也不错。一个开餐馆，一个搞房地产，手上三四家汽车旅馆了，还有一个公寓项目，都在芝加哥……”

为什么小杜住台北，消息却这么灵通，我在美国，反而什么都不知道呢？脑子里忽然出现这么一个怪问题，过去八九年，的确从来没想到这一点。

“大家都说，你现在隐居了，猛钻学问，不问世事，真搞你不过。”

我大概苦笑了一下。维瓦尔第放完了，接着的是巴赫，巴赫的无伴奏帕蒂塔。这种曲子也妙，一把琴，听起来，居然有两把琴的声音。“草原狼”就是这么一个地方，十几年前，专放巴洛克音乐，现在，还是巴洛克。看样子，是这么一回事了：首先，你得离开这个熟过头的地方，那就非变不可，老待在这里，像“草原狼”一样，不要说变，连变的想头都无从产生。但是，我立刻想到教授了。

“他?”小杜说，“你怎么会想到他，真绝!”

我怎么可能不想到他？我们这一帮人，除开小杜以外，这些年来所走的路，哪个不受他的影响？

那一年，校园里头，老美的反战运动，眼看气焰就要下去，忽然一股风，不知哪儿吹来的，中国人差不多全给卷进去了。一下子开大会，一下子游行、示威。三天两头，活动办个不了，话剧队、电影小组、杂志社陆续出笼，甚至还有人拉上非营利的公共电台，每星期播一次红通通的革命广播剧，全说中文的。我们这一帮人，忽然牌也不能打了，舞会郊游也不能办了，根本拉不到人嘛！有那么一阵子，只能瞪着眼睛发呆。校园里，有这么一种流言，暗地里口耳相传：“那批人，中间派，最难缠!”那一段日子，前后不过三五个月罢了，可是，日子还挺不好过，同一系里的黄面孔同胞，左右壁垒分明。左边的呢，成天对你横眉竖目；右边的呢，骂你软骨头，同路人。这个局面，一直到教授出现，才急转直下。

麻花是第一个，他领头，打进了左派的外围第三层。但是，除了分配到一些无关紧要的任务，像开车接送人、向学校借场地、上街贴标语、印制传单之类的，不要说核心小组的汇报轮不到他，连第二层组织的理论学习，也没他的份。我们都说风凉话。“混什么嘛，辛辛苦苦半天，阿B的奶罩颜色，都弄不清楚！”小杜挖苦得最凶，阿B这个绰号，也是他的得意之作，既形似，又传神。阿B是那时期的头号解放女性，胸围超过玛丽莲·梦露，麻花偏偏归她领导，委屈得很。“什么时候翻身？”小杜一见面，就是这一句。

然后，有一天，麻花打电话来了。“翻身的时候到了！”他说。

刚好是礼拜一晚上，“草原狼”里面，人稀稀落落的，就我们这一伙，老板通融，三张桌子并成一长条，坐得满满的，阿B也来了，主客却不是她，是麻花请来的教授。

麻花第一次主持这种场面，跟他拿手的烧烤聚会，完全不是一码事，我看得出来，他有点紧张。偏偏，这个教授，又是个畏畏缩缩的样子，话也不太讲，三棍子打不出一个闷屁。那晚上的“草原狼”，至少第一杯啤酒消灭以前，真够冷清的，唯一闹哄哄的，就是亨德尔的《烟花组曲》。

后来，还是阿B忍不住，到底是女英雄，一下子就掌握了场面。她的手法，不能说不高明，表面上，好像只是批评一般留学生政治冷感什么的，骨子里，却是指桑骂槐，矛头对着我们一帮人来的。麻花就坐我对面，一副眉开眼笑的神气。小杜、鱿鱼、二马、土豆，全惹火了，尤其是小杜，说实在的，我还没见过他那么认真，声音虽然还是老腔老调，嘴皮子却微微抖动。桌上摆着一只郁金香形状的玉色瓷碗，里面有根蜡烛，烧得通明透亮，火光闪闪烁烁，由下往上照，小杜那张光洁鲜溜的脸上，好像给镀上一层金粉，不是黄灿灿的金粉，是那种大红袍橘子皮的颜色。我再转头，四周一瞧，这一伙人，除了自己的脸看不见，还有那位教授，他好像始终害臊得不得了，缩手缩脚，塞在靠墙的阴影里面，其他人，一张张脸，全都洒上了这种赤铜色的金粉。

小杜讲的，就是他课堂上学来的那一套，我看过他的期终报告，吹来吹去，不过是说，美国这种制度，多么有效，多么讲理。

接着，鱿鱼、二马、土豆，又把《时代杂志》《读者文摘》那一套搬出来，四个人围剿一个阿B。我虽然没吭声，暗地里，真为势孤力单的她捏把汗。眼看着，只剩最后一道防线了，无法招架了，新女性，半边天，发小姐脾气，总不太像话的。就这个节骨眼儿上，麻花终于扬眉吐气，他替阿B解围。他请出他的王牌。就是到今天，教授那一番话，我一个字也忘不了。

“我三十六岁那年，坐船离开上海，我是在四万万五千万中国人一百年来第一次真正站起来了的时候，离开我的祖国。”教授的普通话很标准，但也不是京片子，是河北某一个偏远县份的乡音，比较直，比较硬，比较质朴，“算起来，二十二年了，今晚上，第一次碰到这么多优秀的年轻人，认真讨论咱们国家民族的前途。我愿意很坦白对大家说，我确确实实了解到中国人那句俗话‘热泪盈眶’，是怎么样的一种滋味……”

教授讲话的时候，头总是半低，而且，一路讲便一路往下低，仿佛话讲多了，怪难为情似的。长条桌的四周，大家的头，也跟着慢慢低下去了。

“我从前，也跟大家一样，问题不往单纯处想，却喜欢复杂，喜欢奥秘，结果呢，黑白分明的事情，都看得困难得不得了，既帮不了别人，又害了自己……”

这时，教授抬起头来，他往小杜那个方向，直直望去，眼光停留在那里。

“后来，有人帮助我，教育我，让我学会如何从看来纷乱的现象里，直取本质……”

我看见小杜也抬起头来，眼睛瞪着教授。

“……譬如，刚才有位同学，谈到美国的制度。他谈得真好，观察真犀利，我想我在他这个年纪的时候，绝对谈不出这番道理来的……”

我看见小杜的头，又低了下去。他用拇指和食指，捏住腕表的螺丝钮，不停往回空转。

“这个问题的本质，怎么看?”

教授问完问题，不说话了。一桌子的人，半晌半晌，没人开腔，包括小杜在内。

“我来说个故事，”教授接下去说，“不，其实，这个故事大家早知道了，我来谈一谈这个故事，就是白雪公主同七个小矮人的故事……”

教授端起啤酒，喝了一大口。大家也不约而同，喝一大口。

“有没有人想过：白雪公主和七个小矮人组成的这个社会，它的社会分工是按照什么原则进行的？这个美丽、祥和、富足、看来无忧无虑的社会，它的基本生活资料，是怎么生产出来的？谁生产出来？又由谁分配？有没有人想过：为什么创造这个童话故事的人，要把提供一切生活数据、劳动不息的七个矿工，描画得那么矮小，那么丑陋？而除了跳舞、唱歌，手不能提肩不能挑的白雪公主，为什么那么美丽，那么可爱？有没有人想过：在美国这样一个据说是又公平又讲理的社会里，为什么从小给他们的下一代灌输这样一幅图画？……”

那晚上怎么结束的，我倒真记不起来了。我只记得，不久以后，除了小杜，我们的发型，衣着打扮，也激烈变化了。麻花升了一级，他变成左派第二层的领导，我们接替了他的位置，开始干接送人、借场地和印传单、贴标语的工作。教授这张王牌，麻花乖乖交了出来，轮到阿B带着他去征服核心小组了。

只有小杜，依旧我行我素。一直到今天，小杜还是那个调调儿，照样瘦瘦一条，照样穿素着白，只不过，他那副老腔老调的嗓门儿，现在听起来，不再格格不入了。

巴赫的无伴奏帕蒂塔，一共唱了三首，b小调、d小调和E大调，一首比一首精彩。但是，一把琴听起来总觉得不止一把。

“你消息这么灵通，总不会不知道教授的下落吧？”

我终于鼓起勇气问小杜。

“你还叫他教授!”小杜说，“你没听说过，他哪里是什么教授，不过替联邦调查局打工，赚几个小钱的……”

这么些年来，什么都垮了，再垮上这一个，竟然也不太有什么感觉。不过，我还是挣扎了一下。我问小杜：“他如果干这一行，又何必拖我们下水?”听完这句话，小杜笑了。小杜的笑声，跟他的衣着、举止，很不相称，却完全符合他现在的年龄。“不从我们这儿下手，那个密不通风的核心，他进得去吗?”小杜的笑声里，如今不知怎么，竟沁入了一丝苍凉，“难怪你老躲在学院里，真享福!”小杜说。

然而，随便小杜怎么说，我眼前总抹不掉这样一幅图画：远景是灾黎遍野，前景是黄浦滩头。一艘远洋航船上，倚栏站着一个微近中年、茫然回顾、土气十足的中国人。

这个人，或者不是我偶然邂逅的教授。他究竟是谁?我的啤酒已经发生作用，很难分辨清楚了。

前团总龙公家一日记

01

假使杜鹃花开，就算是台北的春天的话，春天确实是簇拥在文雄的窗下了。十一点钟，太阳斜斜地挂在椰叶顶上，透过杂木框格的窗玻璃，温热的阳光满满地洒了一室。屋子里已经有些热气腾腾了。文雄在他的小竹床上翻了个身坐起来，习惯性地伸手到床底下摸出了脸盆，眼睛还没张开，木拖板已经吧嗒吧嗒地响到厨房的水井边上去了。

“又开夜车了？”坐在井边小竹凳上剥毛豆的龙太太搭讪着。

“嗯，反正也睡不着。”

文雄把手巾绕在脖子上，猛压了数下抽水机的木柄，把脑袋往哗哗直流的井水里伸进去。

“给你留了碗蛋炒饭在碗柜里头。”龙太太说。

“嗯。”

文雄一面咕嘟咕嘟地漱口，一面走进厨房去了。

廊檐下，一长溜的金丝雀笼子底下，六十岁开外一度官拜上校高参的龙抱武先生坐在躺椅上读早报。这个时辰，龙先生照例已经读到了分类广告栏了。

“我好比，笼中鸟，有翅呀……”

龙先生轻轻地哼着京腔的嗓门儿陡地提起了精神。

“哎呀，夫人哪!”

“什么事，鬼叫鬼叫的。”龙太太说。

“夫人有所不知……喂，太太，跟你商量件正经事如何?”

“有话快说，有屁快放!”龙太太说。

“啧，啧，啧，话还没出口，不都给你赶回去了么?”

木拖板声打断了他们的谈话，文雄回到了他四叠大的小木屋中，披上他的黄卡其学生服，把桌子理了理，挟着他的笔记本和翻版教科书走出来锁门。一只刚发情的金丝雀在笼里引吭长鸣。快晌午了，太阳是白花花的，满院子里的杜鹃花开得火红火红。

“我好比，南来雁呃——呃——呃……”

“喂，死鬼！”

龙太太把剥好的毛豆连筐子一块递给正在分类广告栏上用红笔圈着圈圈的龙先生，一面挥挥身上的碎屑，“跟我照顾一下炉子，我该换衣服了。”

“太太，我这是跟你商量正经的，跟你说过前天在张家打牌碰到的林科长，人家是吃银行饭的，消息灵通得很。”

“消息灵通又怎样？”

“依老夫之计呢，还是早些脱手的好！”

“要是凭你去道听途说，我还做个屁。”

“夫人哪，不是我浇你的冷水，我龙某人闯的还少吗？人该歇手时就该歇手。何况，这幢房子的地段就在新小区的边上，早晚要涨，吃不了亏的，虽然没你的股票趁手，却是没有风险的呀！”

“看住红烧肉！”

龙太太已经提了皮包走到院子里来了。忽然留意到廊檐下的脚踏车已经不在了。

“这孩子，出门也不讲几点钟回来，快毕业的大学生了，还是这样子恍恍惚惚的。”

龙先生一手捧着装毛豆的筐子，一手伸了个懒腰。

“大——学——生，这年头的大学生多得像狗一样……唉，也罢……我好比，浅水龙……被——困——沙——滩……”

“把饭热一热，玲玲要回来吃中饭的。”

龙太太喊着，人已经一阵风似的出了后门了。

02

说起来，当年武陵乡的龙团总身边也有过两三百支枪的。地方上，不要说土匪杂牌军了，那一边也得探探他的口气。抗战嘛，也出过些小风头。胜利以后呢，假使没那些八路，龙团总也许就从此弃武从文，不必说弄个什么代表吧，至少至少，也可以安安稳稳地做他几任县参议长。说不定，修修桥，补补路，办两个学堂之类的，也可以积点功德，修修来世了。人的命运就是难讲，龙团总也不知怎么搞的，就搞到台湾这块宝岛来了。而且当什么上校高参，而且还搞什么强迫退休，而且呢，竟然给自己的小老婆逼着弄起金丝雀来了。人都说：“青山不改，绿水长流”的，对龙团总来讲，青山也改了，绿水呢，奶奶的都去肥人家的田去了。自己呢，却落个两袖清风，成日价坐镇这满园子的“花乱莺啼”！

快一点了，龙公扭开了他的五灯收音机。好一个“我本是卧龙岗散淡的人”。龙公顺着电台播出的胡琴慢条斯理地顺着他的戏词。这时候送信的该来了。龙公就慢吞吞地踅到前门去，用手掏掏信箱，果然给他摸出来一封信，却是粉红色的洋信封，凑着鼻子一股香气扑人。再翻过信封面一看，歪歪扭扭地写着：

龙玲小姐玉展

地址也没写，邮票也没贴。龙公陡地自丹田升起一股怒气，把信封拆开，一片尚未褪色的玫瑰花瓣恰好给他撕了一半。半透明的粉红底信笺上写着：

玲：

都怪我不好，我给你赔罪，请你不要不再理我。大家都说我不对，要我请客，当大家面给你赔罪。我已经跟爸爸的司机讲好，明天晚上载我们到“皇后”去。我还托Eddy到PX去给你买最喜欢的巧克力。都是我不好，我真难过，你能原谅我吗？

祝你

永远美丽，永远

甜蜜如奶油蛋糕

最最爱你的 田

P.S.明天放学后我在你们校门口的电话亭那里等你。

像抓到了贼赃一样的龙公，两手哆嗦着。“好一个胆大的……”龙公嘴里喃喃着，正不知道拿着这封信怎么办好，忽然听见厨房里“吃”的一声，猛然觉醒，连信封带信纸捏了一团塞在裤兜里便往里冲。

“坏了，坏了，我的红烧肉!”龙公说。

厨房里一片焦味。龙公匆忙中舀了一碗水，掀掉锅盖便往里浇，一阵嗞嗞吧吧之声，一团烟雾腾空而起，搅得厨房里乌烟瘴气。龙公手忙脚乱地给这锅红烧肉善后，萝卜都烧煳了，贴锅的肉也半焦了，满屋里的烟呛得龙公老泪纵横。他忍着一肚子窝囊，往水槽里摸出了锅盖盖上，再侧着锅子慢慢把锅里的水滗掉。

“爹!”

廊檐下一阵脆耳的声音传来。

“你怎么忘了加饲料了?”

龙玲是S女中的学生。短发修到耳根。她妈妈常说剪得跟鸡屁股似的。玲玲就说：“这是教官规定的嘛!”她妈妈便说：“这是什么规矩呢，好好的大闺女，统统给剪成鸡屁股似的。”当然，玲玲还是有她的办法的。她就把前额的头发从桃尖那儿给分开来，每次做头发的时候就稍微披那么一点点，高高蓬蓬的往两边一披，脑后梢的头发就也剪出一个小小的弧度来，从脖子根那儿慢慢地斜上去。每次玲玲把披覆到半边脸上的头发从头顶上那么一捞的时候，小田他们私下就说，她这样的姿势最美丽了。玲玲可是个很听话的孩子，这个学期刚开学，高三了，就快要考大学了。这年头考大学就比从前考状元还要煎熬。不过龙公便说：“丫头嘛，念那么多书干么？迟早还不是人家的。”玲玲便说：“爹，人家同学统统要考的。”龙太太就说：“人家的又怎么样呢？这年头见几个娶媳妇的儿子往家里贴的，倒是女婿孝顺的多。”所以，玲玲便决定要考大学了。而且为了把那些劳什子的数学弄好一点，便登报找来了那个邋里邋遢的可是又怪会做数学题目的大学生郑文雄来做玲玲的家教。“添双筷子添只碗，又花不了几个。”龙太太觉得倒也划算。

“爹!”玲玲把碗筷摆好，爷儿俩在堂屋里的餐桌上开饭了。

“我们这学期的英文老师很帅哪!”

每天的中饭，一向是龙公心情最畅快的时辰。跟女儿聊聊她们学校里的事情，问问长问问短的。也是奇怪，每次玲玲总有些新鲜事儿说。龙公今天的午饭却郁郁的，也说不出来是什么味道。玲玲还是照旧一个劲儿地讲她的英文老师：

“爹，涂莉莉她们下个礼拜要开一个派对，想请他来呢。爹，你看我们假使不告诉他跳舞，只说是开同乐会，他会不会来呢?”

龙公仍是闷闷地挑没有烧焦的红烧肉吃。心里却忽然想起去年玲玲她们校庆的时候他给请去坐在家长席上参观的事。现在猛一闭眼，好像瞧见明晃晃的太阳底下，几百只半透明的鲜虾在那里活蹦乱跳着。龙公说：

“跳个什么劲，把我的气儿逗起来，一枪一个都毙了他!”

“什么嘛，爹，你怎么搞的，人家跳舞又不犯法。”

“不犯法就跳么？不犯法就跳么……”

龙公讲得太急了一点，把一块肥肉连皮呛在喉管里，干咳了半天，把面皮都涨紫了。玲玲赶快去端了杯水来，又乖觉地给她爹捶捶背。

“去给我搓一把热手巾来。”龙公说。

这顿午饭就这样过去了。龙公也没来得及平下气来追问那封塞在他腰肚里的信的事，玲玲又提着那藤条编的书包，骑上了女用三枪“跑车”上学去了。

03

午后的辰光总是比较慢。龙公习惯于上房里睡个午觉。虽然年纪大了不容易睡稳，总可以稍打个盹儿。今天却不知怎么的，喂过了鸟之后，龙公却觉得分外地乏。本想在躺椅上略坐一会儿，不料就懒得再起身。阳光怪刺眼的，龙公顺手把报纸对叠了覆在脸上，一下子就睡沉了。

最近这两年来，龙公也常常感到筋骨有些疏懒，老长官们也都不见得太得意，老部下都各自忙着营生，来走动的也少了。偶尔收到个红帖子什么的才难得出去应酬。人就是这样，一辈子威武折腾惯了的，懒下来就发福。上个月翠莲的远房表侄娶媳妇，还特别敦请了德高望重的龙总去证婚。酒席开在大三元，场面虽然不够大，也算热闹的了。老婆的亲戚就是自己的亲戚，这个从来也没听说过的表侄也算是个人物了。三十出头退了伍，没三年就攒出这份家业来，到底是小伙子精干！龙公这两年来也难得这么兴奋，在席上连番劝饮，杯觥交错，真有些当年的风云气象。老朋友们又都说：龙公真是两袖清风的人物呀，一生服务乡梓，若不是遭此时局巨变，定是名标青史了。晚年又得贤内助持家有道，现在归隐山林，难怪是红光满面啦，眉尖眼尾真是盘旋着一股福寿之气。龙公那天真是一反常态，也不甚谦辞，许是多喝了两杯绍兴，当晚回来就觉得心气有些急促，虽是后来翠莲上庆余堂给他煎了几包药，算是缓过了一阵，近来仍觉得胸口闷闷的，精神上也常觉不济，有时候就是恍恍惚惚的。翠莲每次出门总是交代个什么的，每每过了时候才想起。

日影移过了龙公家的屋檐。总是新春天气，日头照不到就不免有些凉飕飕的。忽然一阵斜角风，把龙公覆脸的报纸吹落了地，龙公陡地自蒙眬中醒来，浑身一摸竟觉得有些冰凉，心绪便忽地警觉起来，连忙上卧房里把那件绒睡袍披在身上。一瞧钟，竟快五点了，再不淘米生炉子，老婆回来又有一顿唠叨的。

“总得生个法子哄她卖了那些劳什子的股票。女人家成天外面抛头露面去，自己都六十出头了，下女也舍不得请一个。放着这收租的安稳日子不过，每天还提着个心，看行情涨落。女人终是想不开……”龙公把煤球炉子搬到靠院子里篱笆边上透风的角落里去生火，一面算计着，“要是让她亲耳听听林科长的话就好了。”龙公喃喃着，正想也许哪天趁她不顺手的时候把林科长夫妇请到家里来打一次牌，事先跟林科长透点风声，也许有效也不一定……忽然一个皮球从篱笆上头飞了进来，滚往墙角的杜鹃花丛里。

“玲玲姊姊的爸爸！”

一口嫩嫩的童声在篱笆外面唤着。

“是小蓬吗？”

龙公坐在小竹凳上对着炉口猛扇着一把竹篾编的破扇子，眼睛的余光看着滚在杜鹃花丛中的皮球兀自沿着地势滑进一个低洼的小坑里去。

“要不要进来听龙伯伯讲故事？”龙公说。

“蓬蓬的皮球不见了。”

从篱笆的破洞里钻进来一个白白胖胖的小把戏，两只多肉的小腿子从开裆裤脚里露出来，满院子里乱翻一气。龙公先还是斜低着头呆呆地看着，忽然好像觉得心里面怪喜欢似的，把身子侧转过来，产生了一种强烈的欲望，想把这胖嘟嘟的小子抱在膝上做马让他骑。

“蓬蓬的皮球找不到了，龙伯伯给你买一个更大的，要不要？”

“蓬蓬不要，蓬蓬的皮球是扑满钱买的。”

“龙伯伯给你买一个花花的皮球，上面画着喷气机的……”

“蓬蓬的皮球有坦克车，有兵舰，还有阿兵哥。”

“蓬蓬的皮球没有喷气机，喷气机飞得好高好高，屁股后面有一条好长的尾巴耶！”

龙公一面模仿着小把戏的语言，一面用手比画着。他忽然心血来潮，把竹篾扇子横端在手里，朝着蹲在廊檐下水沟边上干着急的小把戏，“呜”的一声，一把扇子居然平平稳稳地飞到蓬蓬的身边去了。显然，小把戏的兴趣给吸引过来了。立刻蹦起来拾了扇子又“呜”地一下飞过来，龙公又“呜”地一下飞过去……

“蓬蓬要不要骑马?”

龙公飞喷气机过了一会儿也就飞累了。跟着小把戏满院子乱飞一气，又弯腰又起身的就有些气喘。龙公把躺椅搬到院子里，小把戏仍一个劲儿地飞着。“呜”地一下，“呜”地又一下，早把皮球给忘了。龙公悄没声息地踅到杜鹃花丛里，把皮球掏出来藏在睡袍后面，在躺椅上坐下了。

“蓬蓬不要飞飞机了，过来，龙伯伯给你一样好东西。”

小把戏恰好把他的“飞机”飞上了水井边的一棵木瓜树上，一下子够不着，回头看见龙公手里晃着他的皮球，一溜烟就跑了过来。龙公把球举得高高的。

“别急别急，蓬蓬要皮球，先要讲一个故事给龙伯伯听。”

“蓬蓬不会讲故事。蓬蓬要皮球。”

“蓬蓬会讲故事的，记不记得上次讲的大野狼，后来不是肚子饿了吗？肚子饿了怎么办呢？蓬蓬记不记得?”

“蓬蓬先要皮球才讲故事。”

“先讲故事才有皮球。”

“蓬蓬先要皮球。”

“好，蓬蓬拿了皮球不准跑掉，先要讲大野狼，龙伯伯明天给买一架真的喷气机，好不好？”

“蓬蓬答应了，蓬蓬要金钩钩。”

“好，龙伯伯跟蓬蓬金钩钩！来！”

龙公把皮球交给小把戏，顺手一把将小把戏抱在膝上。蓬蓬把小指头伸出来，龙公也把小指头伸出来，蓬蓬说：

“金钩钩，银钩钩，要换换个小石头……”

龙公说：

“金钩钩，银钩钩，要换换个小石头……”

龙公又说：

“好了，现在大野狼不是肚子饿了吗？那它怎么办呢？”

“蓬蓬不要讲大野狼，人家幼儿园的小朋友都不讲大野狼了，大野狼一点都不好玩。”

“那蓬蓬讲什么呢？讲动物园的猴子好不好？”

“动物园里的猴子才多呢，还有大象，还有长颈鹿，长颈鹿的脖子好长好长唷，一直伸到笼子外面来耶，还有好多鳄鱼，妈妈说鳄鱼都是好脏的。鳄鱼不乖，每天在泥巴里面睡懒觉，也不洗澡的。动物园还有一只好奇怪的大大的白白的鸟，嘴巴都是歪的耶……”

“动物园那么好玩啊，蓬蓬带龙伯伯去玩好不好?”

“动物园一点都不好玩，人挤来挤去都挤死了。妈妈说，动物都不快乐，猴子也不快乐，长颈鹿也不快乐，大白鸟也不快乐……”

“鳄鱼呢，鳄鱼快乐不快乐?”

“鳄鱼都不洗澡，每天睡懒觉的耶!”

“那鳄鱼也不快乐了，不快乐怎么办呢?”

“那长颈鹿的脖子好长好长耶，一直都伸在笼子外面。那大白鸟就唱歌，嘻嘻，那大白鸟的嘴巴就是歪的，那妈妈就说它们都不快乐。”

“那蓬蓬的妈妈快乐不快乐呢?”

“蓬蓬的妈妈不快乐，蓬蓬的爸爸不快乐。”

“蓬蓬的爸爸为什么不快乐呢?”

“蓬蓬的爸爸在美国，那他过年也不回家，只有圣诞节寄火车回来给蓬蓬。”

“蓬蓬长大了要什么？要不要坐喷气机去美国?”

“蓬蓬长大了要去美国。妈妈说，美国人的鼻子好高好高，眼睛长在头顶上的。蓬蓬长大了不跟美国人玩，蓬蓬跟玲玲姊姊玩，蓬蓬跟幼儿园的小朋友玩……蓬蓬不要去动物园玩，蓬蓬要把动物园的笼子统统打开，让好多好多的猴子都到森林里面去爬树，让大白鸟到天上去飞。大白鸟唱歌很好听耶，妈妈说大白鸟的嘴巴怎么都歪了，好奇怪唷……”

春天的太阳说不见就不见了，大片大片的晚霞火红地把龙公家的椰子树剪贴在向晚的暮霭之中。当文雄推着脚踏车从后门进来的时候，小蓬蓬已经躺在龙公的怀里睡着了。黄昏里，只隐约听见龙公沙哑的嗓门温柔而又幸福地哼着：

“一根紫竹直条条，送给宝宝做管箫……”

04

龙公家每日的晚宴照例是在七点钟，家族的每一员都到齐了。文雄差不多每天都是第一个回家，第一个上饭桌，第一个吃完，第一个回房间，扯了条毛巾就去哗哗地洗脚。到了八点，文雄就过来给玲玲上课。

龙公的家宅虽不怎么精致，倒还算宽敞。前后院，三房两厅厨厕浴俱全，就是少个自来水，不过，龙公说：“井水泡茶比自来水好多了。”像许多台北市近郊新建的中西合璧的半洋房一样，红漆的杉木大门一推开就是一条洋灰的便道，穿过了庭院的中间直通正门。便道旁边也照例是种些扶桑花、绣球花、变色木之类的，堂堂的正门口，自然也摆些昙花啦、万年青啦。龙公家庭院中最大的特色便是角落里生着一株颇有些年纪的老柿子树，每在夏末秋初，满树的果子黄熟时，龙公每每要准备两根细细长长的竹竿，跟四邻馋嘴的野孩子们苦斗。当然，到了最后，龙公保卫战的成果也就象征性地只剩下恋在树梢头最高枝的几粒瘦小的黄柿子。然而，这并不丝毫减少龙公保护私产的天性。就拿他这所惨淡经营的家宅来说吧，甘蔗渣的天花板早已经给风雨侵蚀得千疮百孔了，龙公知道那是因为屋瓦多已破碎了，所以龙公就上建材行去买了些油毡毛垫个底，再捡些破砖头把碎片压住。有一回台风带来了豪雨，半个台北市都淹在水中，龙公家的地势本是郊区的洼地，平常连续下个几天雨，院子里就积水，水退后往往可以发现院子里土松的地方有泥鳅钻洞的痕迹了。那次涨水后的龙公家宅实在已经岌岌可危。不过，龙公就是这样的人，钉钉补补的又撑起一个门面来了。虽然，现在文雄给玲玲补习功课的那间小房间里，墙壁上的水渍依然如新，不过，龙公就说了："这间房间嘛，又不见客，又不住人，何必花钱去粉饰。"可是，大学生郑文雄却深为不满。他当然也不怎么讲话，也不太喜欢去争辩，只偶尔从学校的墙壁上撕下几张他自己觉得设计还不错的过了时的海报来，往墙壁上四处乱贴。玲玲呢，也跟着补习老师的样，从她的电影杂志的丰富收藏中搜出一大堆自认为最“帅”的照片来，也拣着空处就贴。于是在这间四壁琳琅满目的“龙氏书斋”里，文雄就这样很有耐性地跟玲玲说：

“Committee就是‘委员会’的意思，你千万不要忘掉这个字有两个‘m’，两个‘t’，两个‘e’。我考大学那年，英文试题就出了这个生字，结果很多人都拼错了。”

玲玲就说：

“两个‘m’两个‘t’两个‘e’，我记住了。喂！郑老师，你会不会跳阿哥哥，阿哥哥就是A-go-go，两个‘g’两个‘o’。”

“不会！”文雄说。他常常就是不知道该维持做老师的尊严好呢，还是采取“循循善诱”的办法。尤其是近来，眼看着他的学生的前胸制服已经膨膨的像裹着两个小芭乐似的绷起来了。所以，文雄就说：

“不会！”

不过，玲玲就立刻从她的翠绿的赛璐珞的铅笔盒里拣出来一支金黄色的粉蜡笔，在练习簿上写着：

“A-go-go。”

“喏，就是这样拼的。”她说，把练习簿倒过来给坐在对面的文雄看。文雄就眨巴了一下眼睛。把练习簿又倒回去，然后说：

“嗯，对，两个‘g’，两个‘o’，不错，你现在再把committee拼给我看。”

玲玲就用粉蜡笔画着，把每个字母都画成最漂亮的花体字，又倒过练习簿来给文雄看。

“少了一个母音，你再想想看，没有母音怎么发音呢？”

玲玲把笔记簿拿回来一看，说：

“人家已经写了两个‘m’，两个‘t’，两个‘e’嘛！”

“C-O-M-M-T-T-E-E”，文雄照着玲玲的花体字，一个字母一个字母地念着：

“按照国际音标，你怎么读这个字？”

文雄是有点生气的样子了。

“康——蜜——堤。”玲玲说。

“两个‘m’，没有母音，怎么可以发成‘蜜’？”

“那你不是念成康蜜堤吗？”

玲玲开始把嘴嘟起来了，坐在椅子上的身子很不高兴似的一扭，立刻把金黄色的粉蜡笔又收回翠绿色赛璐珞的铅笔盒子里面去了。

“我念康蜜堤，我告诉你是这样拼的吗?”

文雄是有点生气了。

“那人家不会嘛，人家要是会，何必要请你来教呢?”

玲玲一气，搁在桌面上的手就那么一扫，恰好把英文书给扫到了郑老师的怀里，铅笔盒也给带翻了，稀里哗啦地摔了一地。文雄本能地把英文书抢接住，忽然目瞪口呆，两手捧着英文书不知道该怎么办好。“这个实在是有点不像话。”文雄心里想着，就把英文书也往地上一摔，大踏步走出了“龙氏书斋”。

“我不教了!”

文雄把门用力一关，“砰!”的一声，把坐在堂屋藤椅上的龙氏夫妇吓了一跳，只听得书斋里“哇”的一声，紧接着，一大把铅笔、橡皮、粉蜡笔也跟着冲出来的女主人沿路撒进她的卧房里去了。

然后有三分钟的冷场。当然，玲玲有节奏的哭声是时高时低地衬为背景的。过了大概三分钟:

“又来了!”龙公说。声音是颇为苍老的。随即把手里的《菜根谭》放下来，然后摘下他的老花眼镜。

“这样下去是不行的!”

坐在旁边织毛衣的龙夫人翠莲女士立刻忍不住了。

“不行，什么不行?都是你宠的，十六七岁的大姑娘，动不动就撒娇泼野！”

“就是说都十六七了啰！”龙公说。

“十六七又怎么样？十六七就不能沉下心念书了？十六七就不能请补习老师了？”

“唉！太座，你不要光跟我穷斗嘴好不好？你也晓得这也不是第一次了。”

“不是第一次又怎么样？都是你宠惯了，人家十六七岁的姑娘哪个不是斯斯文文的。”

“你这是什么？妇道人家！”

龙公说着，虽然也说不出个所以然来，总觉得翠莲今天确实是没有道理，却也不太清楚到底是什么。

“啊！我倒是妇道人家，倒是哪个成天做牛做马，窜进窜出地撑住这个家！我问问你！”

龙公觉得老大地不愉快，但是觉得跟她讲理也讲不出什么名堂来，就拢了拢睡袍站起身来欲往后院子里去看看文雄。忽然手上触到了下午就塞在腰肚里的那封信，立刻觉得理直气壮了。

“哪！你看看这个再跟你说。”

龙公踱到后院，文雄的房里灯也没亮，凑到窗前看看，文雄一个人和衣趴在床上，也不知他在想些什么。龙公想想，也不知道该跟他说些什么。“都是小孩子。”

他说，就又踱回堂屋里来。就这么一会儿工夫，堂屋里的景象已经大变了。只见那龙夫人左手仍旧捏着未编成的毛线衫，右手一把提着玲玲的头发，连拖带拉把玲玲从卧房里扭了出来。

“你这是发疯了，你这是干什么?”

龙公一个箭步上前，跟老婆展开了全面的夺女之战。到底是年纪大了些，没一会儿就已经气喘吁吁，脸也红了，脖子也粗了，又是一味大声地嚷着，两个妇道人家又哭又闹，三个人战得难解难分，搅成一团。龙公渐渐觉得力乏了，才把玲玲的头发从翠莲的手里一扯开，翠莲又立刻转移目标提住了玲玲的耳朵，玲玲一声痛苦的尖号，龙公又去抢救玲玲的耳朵。翠莲又立刻掐住了玲玲的脖子。就在这生死不分之际，龙公忽然觉得虚脱了似的倒抽起一口冷气，只觉得好像提不起这一口气来，手脚也开始发颤，身子软不溜丢的就坐在地上了。

热战中的母女忽地经此一吓都傻住了。玲玲抽噎着，兀自站在那里顺头发抹眼泪，龙太太说：

“死丫头，你爹快没气了，你还站在这里发愣，还不快给我把文雄叫来!”

等文雄骑着脚踏车赶出门去请庆余堂的于大夫的时候，母女俩已经七手八脚地把龙公搬到床上去。两母女一个拿着烧水袋用热手巾给龙公缓气，一个急着给龙公捶胸脯揉太阳穴按摩。到底是龙公的眉尖眼尾的确是盘旋着一股福寿之气，所以，也没多大一会儿，龙公的气就给缓过来了。

文雄领着于大夫坐了计程车赶进了门，刚刚掀开门帘，还听见龙公苍老的声音断断续续地说着：

“前天下午……那个……收鸟的人……又来过了……一对发情的……白十姊妹……他才出……两百元……我看……股票也一样……都是风险……还是房产可靠些……”

一九六七年，伯克利

鹤顶红

“这是第三代了。”父亲说，“再试上两三代，总该有结果的。”

妻儿都上床睡觉去了，关上了房门。虽然飞行二十小时，应该够累的，不关房门恐怕还是不行。这一屋子，凡有空间的地方，都架上了鱼缸，大大小小，总有二三十箱。市声一静下来，便听见马达打氧的水泡声，嗡嗡噗噗，仿佛巫婆的敞口大锅，煮到沸点，满满塞了一车间。

这大概就是父亲退休十年来每夜入睡前的催眠曲了。

一屋子里，只有最大的一缸亮着。里面有二十几尾印章红，还在摇头摆尾。身子粗粗短短，介乎蛋种龙种之间，尾鳍两开四裂，尖嘴小眼，通体雪白，只头顶一枚印记，若方若圆，油亮殷红。

“尾巴还不够大，得加些重量，才有丹凤的垂姿。印章修圆最难，这二十四条，是三千多仔鱼里挑出来的，才不过去掉一些棱角。”父亲说。

这口水族箱，四英尺长，两英尺宽，一英尺深，容积是五十五加仑。在“美国鱼城”那家宠物店付钱的时候，黑不溜秋的店员说：“记得常换水，保证你养足尺寸。要配种，先得把它们养肥养大，对不对?”寄运这个易碎的巨物，连保险，花掉两倍价钱。

卧房里，孩子在发梦魇。妻把他叫醒，又继续哄着他睡。

“你这个老大，看来有些天分，为什么中文不好好教教?”

十五年了，父亲对我娶了一名洋婆子，还是没有谅解。他不叫他长孙的名字，他只说“你这个老大”。十五年了，才第一次见面。事先，我跟妻说：“对长辈，我们不能去握手的，要鞠躬。”在机场出关口，她向父亲点了点头，说了声：“嗨!”父亲轻轻“嗯”了一声，便立刻转头对着长孙。“我是谁？知不知道怎么叫我？”父亲说，弯下腰，手指着自己。“鼻子!”老大好不容易拼出来一句中国话。接机的亲友都笑了。回家这一路上，父亲多半沉默着。

差不多六七年前，才收到我婚后的第一封父亲来信。信里对我做了爸爸他升为祖父，始终一字不提，只一味谈他的金鱼。

“根据文献记载，”万金家书这么说，“我们中国人，早在公元一五九六年，便培养出鹤顶红这个优秀品种。我小时候在北平公园里见过一缸，绝无仅有的一缸，后来听说给住在故宫里的逊清皇帝花钱骗了去了。此后便形同绝迹。现在市场上卖的鹤顶红，画页上印的，其实只是齐鳃红。虽然也是一个优秀的变种，跟我亲眼见过的，怎么能比！光是那把凤尾，便有天壤之别，更别说丹顶鹤似的印记……”

从香港托人带上一打品种珍贵的金鱼以后，父亲的来信里，口气才稍稍有些舒缓。那一批金鱼里，有蓝丹凤，有印章红。父亲的工作，是要把丹凤的尾鳍配上红头，把龙种的鱼身，改造成蛋种的肥凸体态，还要保留司平衡作用的背鳍，维持优美的游姿。当然，印章部分如不够圆，色泽不纯，还是难当“鹤顶红”这三个字的神秘传奇的。

一年前，父亲的鱼，受真菌感染，得了白毛病，虽用隔离盐水治疗，也不见效。我打电话说，美国有成药，可以托朋友带去，他硬是不信。他不信赖专为外国

热带鱼制造的化学品。结果我还是在图书馆的旧书里找到了古方，让他从中药房里买孔雀石绿解决了问题。不过，那以后不久，老大终于第一次收到祖父寄来的礼物——墨、砚之外，还有两支狼毫毛笔，一沓描红字帖。

父亲住的，是老宿舍改建的新式公寓，施工潦草，板壁很薄。虽然关了房门，妻儿的鼾声，就算在气泡声噗噗不断的厅堂里，也依稀可闻。

“每培养一代，至少要两年时间。”父亲伸了伸懒腰。“让它们休息吧，免得影响生长。”他走过去，把水族箱的光源关掉。“老天爷再让我活上个十年、八年，”父亲说，“这稀世珍品，管教它重现人间！”

水族箱的荧光灯一灭，仿佛造成了视觉暂留，我感觉它的反射，只幽幽一刹那，在父亲稀疏的银发上，迷离闪烁。

我躺在鱼缸前面的沙发上。黑暗中，闭上眼。奇怪的是，居然听不到任何噪声，却分明看见一群丹顶素衣的鹤顶红，优游嬉戏，翻砂弄藻，摆尾而去。耳朵里，正响起一片清脆乐音，好像交互撚拢挑抹的纤纤十指，在金黄色的竖琴上飞舞着一般。

结瓜

“选这么个角落种，真没道理。”笑梅抱怨说，“太阳照不到，浇水又麻烦。”确实有点麻烦，水管不够长，每次浇水得提桶水走半天。但是，当初移秧的时候，嫌叶子形状丑陋，说“找个不碍眼的地方”的，也是她。

地方是丈母娘选的，倒真是不碍眼。不但左右邻居看不到，自己想看它一眼，也得费点事。好在我早有计划，利用它附近隐蔽，做堆肥。每次剪草整枝之后，都得往这一带送，顺便带两桶水，一桶洒在堆肥上，一桶浇它。不料就这么胡乱种着，丈母娘的这株宠物，居然也生枝发叶，有点想大展身手的模样。丈母娘回去以前，它爬到离地四英尺的空间，开始接触到下午五时以后的阳光，分出来两个头，在风里摇摇摆摆，那时，全靠一根破扫帚棍子撑着。

丈母娘回去以后，浇水之外，除草、除虫、施肥这些任务，全转移到我身上。我倒并不嫌烦。

只要是绿色的有生命的东西，我就不会烦。笑梅却不然。自从她父亲过世，我看着她渐渐失去耐性，好多事她都嫌烦。

做丝瓜架原来是她答应她母亲的，她母亲走后，她忘了这回事。也许不是忘了，只是懒怠动手。不过，自己不动手，却也没下令叫我动手，倒教我有些诧异，我因此也就等着，看看她心里究竟怎么回事。

荫地生长的植物，茎细长而叶肥大，叶色深绿而厚，却无光泽，整株生命仿佛呼喊着阳光，全向着下午那两三小时的受阳面狂飙。扫帚杆爬完了，倒过来，捧住自己的躯干纠缠，同时往一个方向发了六七个头。每一枝头上，都生出几根卷须，小儿手指似的，向四外空间里探伸，却什么也抓不到，终于给自己的重量拉坠，一排头，全坠下来，像一群弃婴，嗷嗷待哺。

笑梅依然无动于衷。

那天，我手里捧了叶子上抓到的蛞蝓五六只，故意给她看。

“木腐而虫生，自己不够强壮，就给人乘虚而入。”

我故作哲学状。

“恶心！”

这是她唯一的评论。

丈母娘在电话里，不时问到她手植的丝瓜，我看笑梅大抵都在敷衍，直到有一次，她母亲说：“照张相片来，我想看看。”

于是我奉命到后园竹篁里，就地取材，结结实实扎了一个四英尺宽八英尺长六脚三层的丝瓜架。

上架的丝瓜，立刻脱离了它的惨绿少年时代，不但茎蔓粗壮了，叶腋里也伸出了花苞。有公花有母花，但只有苞而无花。终究是阳光不足，开不出来。

我跟笑梅商量，自告奋勇上树砍些枝叶，让阳光下来。笑梅的反应，坦白说，我有点意外。

“不要它开花，烦死了。”

她说。

“烦死了”，可以理解；“不要它开花”，我却想不通。当然，越想不通，便越不能不想。

笑梅是她爸爸最心疼的孩子，小时叫惯了小妹小妹的，上小学时，索性连学名也改了。她跟她的兄姊，连名字也不一类，她根本没依什么排辈，她只叫笑梅。四川话的小妹跟普通话的笑梅，恰好完全同音，所以她爸爸听她的同学叫她，特别顺耳。

十月中旬，丝瓜终于开了几朵蜡黄的花，也照样引来蜂蝶蚂蚁一类虫媒，草草结了几粒果。但到十一月中，才不过大拇指粗细，一场早来的风雪，摧毁了一切。

我将香肠似的两条丝瓜，挂在冬天的窗前欣赏。

妻走过来，靠在我肩膀上，平淡地说：

“我想通了。虽然妈对爸不好，也不能怪她，她自己也怪可怜的。”

两条风干的丝瓜悬吊着，像吹不动也不会响的风铃。

火龙

龙，我从来没亲眼见过。我看过的龙，有的画在纸上，有的塑在墙上。图书本上印的，看起来，也蛮神气：触须老长老长，像虾；眼睛圆鼓鼓，像蜻蜓。七彩云霞底下，探出来一对鹰爪，钢钩子一般，铁硬铁硬；那身子又软软的，半藏半露，扭扭曲曲，像蛇，还一层层整整齐齐叠着鲤鱼似的鳞片。神气是神气，可我总觉得，那是假的。

庙里的五彩金龙，我也见过，妈妈带我看过。盘在红漆大圆柱上面，虽然花花绿绿，穿金戴银，却给钉子钉得死死的，跟标本室的蝴蝶，没什么不同。

真龙虽没见过，可我知道，绝不该是这个样子的。

那年夏天，我差一点看见真龙。就差那么一点，信不信由你。

那条真龙，躲在天上，是妈妈指给我看的，就在我们家那棵橘子树上头的天空里。妈妈跟我说："你爷爷讲过的，神龙见首不见尾，要想看清楚，一要有诚心，二要有慧根。"那年夏天，我每天晚上坐在我们家走廊上等它现身。

有一天，下午刮大风下大雨，到了夜里，一切都静下来，满天的星星，全洗得干干净净的，一颗颗亮得跟水晶泡泡似的。那晚上，也特别蹊跷，发亮的东西，都出来了。我发誓，就在我们家后院井一样深的天空里，有一条神龙，金光闪闪，倏隐倏现。

我的心噗噗跳着。妈妈说过的，见到了龙，千万别声张，一声张，它准跑。可我还是忍不住，跟爸爸讲了。

"胡说，那叫银河系——"爸爸说，手指着神龙出没的那一带。我睁大眼睛，那一大片光灿灿的星云里面，可不是有那么一弯弯彩虹似的影子，刷一下冒出来，刷一下又没有了？

爸爸叫妈妈从箱子里面翻出来一副望远镜，套在我脖子上。他一面调整焦距，一面给我上课。"哪——看清楚没有？"爸爸说。

我什么都看不见了，眼睛里面，只剩下糊糊涂涂一团白光。

"那些光，"爸爸继续讲课，"离这儿可远着啦！得用光年算。光年，知道吗？有些发光的天体，早冷了，灭了，你看到的光，不知道是多少年前发出来的呢！”

我眼睛里，的确只剩下一大团白光，迷迷糊糊的。

我把望远镜交还爸爸。爸爸戴上望远镜，喃喃自语。“咱们中国人，只晓得编些神话，骗小孩子，什么牛郎织女……”

我望着妈妈求救，妈妈一声不吭，自顾自摇着扇子。

一道白光划过天空，坠下来，落在墙边上那棵老橘子树的树梢。我心里暗叫不好，不该跟爸爸讲的，难道是爸爸的慧根不够？我心里这么嘀咕着。不料，又一道白光划过了天空。

“这叫陨石……大气层……摩擦……燃烧……”爸爸说。

就这么，那条神龙，头尾还没来得及连上，就这么跑了。

我着实懊恼了半天，总以为不能全怪自己。可能是爸爸没有诚心，我觉得。

“妈妈，你不是说，爷爷讲过的……”

我心里想，只要说服爸爸，让他有了诚心，那条龙，迟早是会回来的。

妈妈还是摇着扇子，不吭一声，自顾自。只偶尔啪的一下，扇面打在我脖子上。“死蚊子！”妈妈说。

那晚上真静得出奇，连树叶草根里头的虫儿，都安安静静的。我心里可不太安静，嘴巴里面，老觉得有什么东西，要跳出来，又跳不出来。“总有一个是骗我的，不是妈妈，就是爸爸！”我拿准的，只有这个主意。

“别信你妈妈那一套！”爸爸居然光火了。“你那个外祖父，他是个废人，一辈子，不事生产，糊里糊涂的。”

长大以后，我才知道，妈妈是在爸爸家里长大的，妈妈原来是个童养媳。那晚上，我只记得，爸爸一光火，妈妈就起身走了。拖鞋擦着地，吧嗒吧嗒的响声，从走廊一直响到厨房。我们家住的，虽然是日本式的榻榻米房子，这条线上，铺的却全是地板。

我当时只恨妈妈胆小，她讲过的话，不敢认账。该给我撑腰的时候，却不作声。

那晚上以后，我也不傻呵呵摸黑坐在走廊上看天了。

那一年的中元节，爸爸不在家。妈妈从菜场买回来一大包香烛纸钱。往年，我们家从不祭祖拜神。爸爸是学科学的，我们家一向不作兴这一套的。

听同学说，中元节这天，每年就只有这一天，鬼门关开大门，所有孤魂野鬼，都出来寻替身。那天晚上，真有点鬼鬼的，月亮老不出来，躲在云后面，闪一下，又躲回去。

我们在后院那棵橘子树底下点了香火和蜡烛，一一插进地里。妈妈带我跪下，朝西祭拜。那晚没有风，香火棒尖端升起一条条白烟，袅袅不断，爬得老高老高。

“他老人家看得见的，”妈妈说，“他会找得来的。”

白蜡烛的火光，暗夜里，看起来有点发红。红红的火光，一跳一跳。

妈妈就着火光，教我把纸钱折成一个一个元宝。纸钱的纸很粗糙，颜色焦黄焦黄，有时割到手，有点痒，也有点疼。然而我很喜欢。纸钱的中央，有的贴金，有的贴银。

“叫爷爷，你小声叫就行，他听得见的……”

但是我怎么都叫不出口，我一辈子从来没叫过爷爷。生下来以前，爷爷已经没有了。

“叫爷——爷，叫呀，你这个小鬼，怎么不听话?”

妈妈拿着纸元宝，在烛火上烧。元宝烧到一半，手一扬，元宝带着火飞起来，画了个弧线，飘飘着地，却同时有片片纸灰，黑蝴蝶似的，在空气里，游游荡荡。

“您老人家来拿吧——”妈妈半仰着脸，向墙外黑魆魆的夜空呼唤。她的声音，跟平常说话完全不同，好像说梦话，又好像唱歌，唱那种催眠时才唱的老歌。

“您老人家来拿吧——爷爷您来拿吧，您孙子给您送钱来了，拿去用吧——”

妈妈反反复复地唱着。黑蝴蝶一片片飞出了墙外，飞进无边无底的夜空里去。妈妈一遍一遍唱着，一直唱到地上生出了夜露，一直唱到我浑身上下止不住打着哆嗦。

那晚上，妈妈叫我不要睡小床，同她一起，睡在榻榻米上的大蚊帐里面。那晚上，妈妈第一次跟我讲外祖父的故事。

“你爷爷道行很高的。”妈妈躺在身旁，我觉得刚才的冷战完全没有了。“他心很好的！”妈妈一股脑儿都跟我说了。“有次他到个穷人家去，那家人穷得连茅草都没得烧，你爷爷两腿伸进橱口里，那火烧得呼呼呼地，烧了整整一个时辰，把炕烧热了，那家人才没冻死……”

长大后我才弄明白，原来妈妈十岁不到，她父亲就死了，死的时候据说连棺材都是爸爸家给买的。

但是，我记住了那晚上妈妈的话，而且，长大了也深信不疑。

“你爷爷道行很高的。他升天的时候，村子外边那座大山上，飞着一条十里长的火龙。从山脚飞上山腰，就飞了半夜。冒着烟，吐着火，一路滚上去，高高低低的，天亮才到山顶，化成一条飞龙，腾空而去……”

夜萤飞舞

最近，我常常看见，无涯无边的夜的黑幕下，有一群细碎缤纷的银色光点，飘忽闪动，上下飞舞。

这是死神的眼睛，我对自己说。

然而，又一点揶揄的意味也没有，反而感觉温暖。

我常常在书中读到死亡。“这是一场无休止的角力竞赛，”有人说，“和平是双方都筋疲力尽的时候。”这个，我无从想象。“不，”还有人说，“你是一粒果子，死亡便是蕴藏其中的果核；你长大，它也长大。”这个，虽然动人，却也遥远。

我确确实实看见的，不过是一群萤火虫，在夏夜灿烂的星空下，在芳草连绵、波光粼粼的小河岸上。

在萤火虫闪烁飞舞的梦里，我沿着时光的甬道，向回泅泳……

那年冬天，我记得，我后脑勺那儿，经常响着一只马表的声音，克粒粒……克啦啦……克粒粒……规则而清晰，一天到晚，响个不停。

那一阵的夜晚，特别地黑。我躺在床上，眼睛半闭半张。我看见院子里靠窗那棵相思树，张牙舞爪，投影在玻璃上，仿佛千千万万枯干的手指，狂乱地摸索攀缘挖掘，寻找缝隙往屋里钻。

我缩进被窝里，蒙上头。被窝里很温暖，一片黑。我什么都看不见，有那么一会儿，我暂时什么都看不见，什么都听不见，只感觉胸前压着柔软的被褥，随着心跳，一起一伏。我试着起飞。

平常，只要两腿一伸，张开双手，向前冲上几步，便白鹭一般，翱翔在空中了。树颠、屋顶、田野，一切的一切，都渐渐退后缩小，云絮轻轻搔着脚底板，软绵绵的，一团团流过去。那年冬天，这办法不灵了。始终有一只马表的声音，克粒粒……克啦啦……克粒粒……我掀开被，却看见后脑勺那个地方，一根绳子吊着，大大小小，十几个齿轮，一个咬着一个，刻板而规律，缓缓转动……

“这孩子，怕是神经衰弱呢……”

我听见爸爸压低了嗓门说话，在纸门隔壁，大蚊帐里。

我听见妈妈的呵欠，拖着长长的愈来愈弱的尾音。“啊——”

“赶明儿把那只乌骨老母鸡杀了，给他补补……”妈妈说。

马表的声音，渐渐退远。然而，暗夜里，大大小小的齿轮，微微发光，还在缓缓转动，一个咬着一个。

“这哪是营养问题！”爸爸翻了个身，我听见榻榻米下面，两条松动的木板，吱吱嘎嘎作响，“白天玩疯了，夜里就梦游。昨晚起来解手，吓我一跳，差点一脚踩到他。半夜三更的，眼睛闭着，两手两脚趴在饭厅地板上，到处乱摸呢……”

“这孩子，唉——”

我听见妈妈翻身了。大片大片浓黑的夜，又渐渐合拢，把我挤在角落里。想睡，也睡不着；想飞，又飞不起来。我看见自己逐渐缩小，逐渐干硬，像一只虫蛹。无数根黑色的纤维，纵横交错，飞舞起来，织成了椭圆形的一枚黑茧，我蜷成一团，躲在里面。我看见头顶上最后一线光，终于给错杂纠缠的黑线隔断密封。我沉进了黑暗的底层，夜的核心。

我的眼睛完全失去了作用，我的身体四肢只能靠触觉感知，而我的触觉，也渐渐麻痹，我想，我大概快要死了。但是，我的耳朵，却透过那一层完密包围封锁，收录着周遭最微细的动态和变化。我听见爸爸打鼾了，声音由低而高，由高而低，喉咙里仿佛有颗弹珠，呼噜噜一路转；我听见厨房里一只老鼠窸窸窣窣，尾巴轻轻敲打着纱橱的木脚；我听见水槽里泼剌剌划动翅膀飞起来一只大蟑螂，一头撞到天花板砰一声掉下来；我听见洗澡房的水龙头漏水，稀哩哩一串，啪嗒落在水门汀上，然后，隔半天，啪嗒一声，又是一串……

那一年的冬夜特别长。老做噩梦。醒来总是天不亮。一睁眼，不料自己还活着。无边无际的黑暗不见了。我一身冷汗，从床上猛一坐起，发现身处一个没有窗帘的屋子里面，四围冰冰冷冷一片青白。屁股底下一股尿臊，湿湿黏黏。我把头重新缩回被筒里面，用劲闭上眼睛。耳朵里又开始响起那只马表的声音，克粒粒……克啦啦……克粒粒……规则而清晰，响个不停。十几个齿轮，发着金属的光，一个咬着一个，在脑勺后面，缓缓转动。小斌说的那句话，每到这个时候，便出现了。小斌坐在小河岸上，大家都坐在小河岸上。小斌说：“万叔叔，吹个小桃红！”小斌最喜欢听小桃红。那年夏天，小河岸上，万麻子天天晚上吹小桃红给小斌听。那年夏天，小河岸好像一张大床，一张榻榻米铺成的大床。大床上面，罩着一口无边无际的大蚊帐，蚊帐顶上，镶嵌着千千万万闪闪烁烁亮晶晶的星星。

那年夏天，妈妈新缝了一口大蚊帐。每天，晚饭一过，就让我帮她忙，从壁柜里取出来，一人提住两个铜环，相对一扯，挂在屋子四角的钉子上。四四方方的蚊帐一撑开，整八席大的房间就全给罩在里面了。蚊帐挂好，妈妈端来一盆清水，跪着擦榻榻米的席面。我便把自己卷起来，卷进曳地的蚊帐边边儿里面，裹成一只虫蛹的形状，用鼻子猛吸草席过水的新鲜气味。那味道好像爱玉冰，细白细白的麻纱布，又轻又软，光身子裹在里面，好像人整个泡进了爱玉冰缸。

那年夏天，我天天上小河边去抓萤火虫。小斌也帮我抓。抓来的萤火虫，一人一半，晚上上床，便放进蚊帐里。

蚊帐里放萤火虫，这个玩法，谁兴起来的，已经记不清了。我只记得，有一晚，天气不好，下雨，萤火虫抓不到了，小斌同我，坐在窗边，看着外面黑蒙蒙的天，发愁。小斌忽然想了个奇怪的问题考我：

“萤火虫怎么来的?”

“水虫变的!”

“跟蚊子、蜻蜓一样？”

“对！跟蚊子、蜻蜓一样！”

“什么样子的？你会不会认？”

“干吗呢？”

“我们去小河捞，捞回来养水缸里，下雨天不是用上了吗？”

我们冒雨抬回来两三桶河水，偷偷倒在水缸里。过了两个礼拜，蚊子、蜻蜓都出来了，就是不见萤火虫。

“你乱充内行！”小斌埋怨我，“你几时看到过萤火虫在水上下蛋的？”后来，我们去问万麻子。

“腐草化萤！古书上讲的……”万麻子好像很权威。我们收了一堆草，搁在屋檐下一个肥皂箱子里面，每天往里浇水。草都烂成稀泥了，一只萤火虫也养不出来。

我的蚊帐，是军用蚊帐改的，料子又粗，又不好看，日子久了，一戳一个洞，萤火虫飞着爬着，一下子就钻出去，飞走了。

我要妈妈也给我缝个新蚊帐，妈妈说：“这种料子，老家带来的，就这么多，这儿买不到的……”

妈妈从大蚊帐上铰了手绢那么大小的一块，又给滚上一个袋口儿，穿条细绳，绳子一收，便是个现成的萤囊。那以后，每天晚上，电灯一关，耳朵听着蟋蟀忽远忽近的叫声，眼睛瞪着忽明忽灭的萤囊，一下子就躺进了满天星星里面，迷迷糊糊，开始做梦了。

那年夏天，我经常梦见自己长了翅膀，两脚轻轻点着地，划上几步，两腿一并，伸直，便鹭鸶鸟一样，浮起来了。我听着风声哗哗哗流过耳朵，骨碌碌地，好像小河淌水。我飞呀飞的，画着小圈圈，画着大圈圈，四周都是眨眼的星星，星星冰凉清爽，晶莹剔透，手一碰，就颤巍巍地晃个不停。

有时候，次数不多的，飞着飞着，忽然没有了翅膀，人就像倒栽葱那么往下掉，耳边风呼呼响，下面的山岗上，生着笋尖大的岩石，布满一地。不过，妈妈忽然就出现了，用冷水浸透的毛巾，擦去我额头上的汗，还说：

“别怕，宝贝，长个子呢！不用怕！栽一次就长一分，知道吗？”

打什么时候开始，就不飞了，我已经记不清了。我只记得，那年冬天，一次也没有飞过，的确，一次也飞不起来了。那年冬天，脑子里老响着万麻子那只马表的声音。

“不准偷跑！”万麻子手里拎着一只大马表，站在起跑线的一端，大拇指紧紧按住螺丝开关。大马表让一条红丝绳系着，一头系在脖子上，套了一个圈。“电灯杆上有白灰，手上没有白灰的，就算输！”万麻子每次都郑重其事大声宣布一遍。夕阳下，万麻子的脸总是红红的，晚饭以后，万麻子的脸经常泛红，红一片的时候，满脸的麻点子却发白。红脸白麻子，样子虽然奇怪，但在晚霞光照里，却也不怎么显眼，大家的脸上都红红的。天黑以后，红脸全不见了，只有万麻子的脸发白。有一次，我同小斌捉萤火虫，差点一跤跌在万麻子身上，万麻子躺在草丛里，我们把他脸上的麻点子当成萤火虫了。“各就各位！”万麻子大声喊，右手高高举起马表，大家排成一排蹲地上，两手的大拇指跟食指用力撑开，开成两个八字，摆在起跑线后面。万麻子从左到右检查一遍，谁的手指头冒出线，准得挨他木屐轻轻一踩。“预——备——”万麻子巡视完毕，大家不约而同，一起猛吸一口气，斜眼盯着万麻子的嘴。万麻子的脸在夕阳中发红。万麻子晚饭总爱喝两杯，有人说。孩子老婆都丢大陆，也难怪，有人说。“跑！”万麻子手往下一挥，大拇指死劲一揿，十几条光脚丫子一起撒开，踩着石子煤渣地，一路风驰电掣，往巷口电灯杆冲去。

“这次不算！”万麻子说。手里捏着一把赛璐珞小人：关公提着青龙偃月刀，红孩儿脚踏风火轮。我两种都有，可是，万麻子手里有整整一套，一套十二种，还有猪八戒倒扛钉耙，还有孙悟空手抡金箍棒，还有……跑三次第一万麻子才给一个做奖品，或者得打破纪录，小斌纪录最高，二十八点六秒，破纪录也只得一个，每次都是小斌自己破自己纪录。“为什么不算？”有人抗议。“小斌摔跤了，这次不算！”万麻子不守信用，万麻子偏小斌，谁都知道。万麻子说过，小斌长得像他儿子。小斌可不领情，“我脸上又没长麻子！”背地里，小斌跟我说。不过，小斌手里，一套十二样，差不多全搜齐了。

赛完跑，大伙全到了小河边了，围成一圈，听万麻子吹笛子。“你们点，我吹！”万麻子说。“小桃红！”小斌最爱听小桃红。“太热闹了，情调不合。”万麻子说，万麻子也有不听小斌指挥的时候，大伙心里觉得，万麻子还算公平。“梅花三弄！”我说。“我吹个妆台秋思。”万麻子说。万麻子吹得凄凄切切。“万麻子想老婆！”有人说。

那年秋天，万麻子侍候了一辈子的长官发慈悲，给了他一笔钱。万麻子娶亲了。娶了一个山地姑娘，叫春桃。“两万元买的！”有人说。大家都恨春桃。春桃来了以后，巷子里的赛跑节目就停了。我手上的赛璐珞小人，一套还差三个。笛子也断了，妆台秋思没有了，小桃红也没有了。春桃跟人跑的时候，大家都暗暗高兴，可是，万麻子还是很少露脸。

“死人了！死人了！”

我跟小斌挤进人丛中，看两个三轮车夫卷起了裤管和衣袖，从小河里拖出来一具全身浮肿的尸体。尸身原来朝下，四肢像爬虫一般，深陷污泥里，拖上岸以后，还是满脸污泥，四肢翻过来，僵硬着，指着天空。三轮车夫泼水冲着死人的脸。

“哎呀！是万麻子呀！”

“一定是上那种下三烂的地方荒唐回来，失足落水的，真作孽……”

忽然，岸上的人，全都噤了声。只听见一只马表的声音。从万麻子口袋里跌落出来的马表，依旧水淋淋，躺在岸边，反射着冬天傻白傻白的阳光，克粒粒……克啦啦……克粒粒……规则而清晰，响个不停。

那年冬天，我一次也没去过小河边，小斌也没去过。小斌的家，在万麻子出事以后，便搬了，搬家以后，小斌没找过我，我也没找小斌。那年冬天，我脑子里老响着一只马表的声音。“就考中学了，”爸爸说，“你给我乖乖家里待着！”那年冬天，妈妈一连给我杀了三只乌骨老母鸡。

第二年春天，我一次也没去过小河边。我满脑子全是鸡兔同笼和植树问题，树不是多一棵就少一棵，笼子里的脚，永远数不清。

发榜那天，我不敢回家，一直躺在小河岸上等小斌，我知道小斌一定会来，因为他也没考上。

小斌在我身边躺下的时候，天都快黑了，我问他为什么这么晚，他说他上万麻子家去了。

“万麻子还有家？见你的鬼！”我说。

“我还看见春桃了，信不信由你！”小斌说，“手里拎个旅行袋，背上背着一个胖娃娃，在万麻子老家门口，鬼鬼祟祟的……”

“去你的，你在做梦！”

已经又是夏天了，小河的水，到这个时候，就跟暖水瓶里隔夜的水一样温。我翻身坐起来，脚伸进温水里。

“骗你是这个！”小斌伸开五指，做了个王八，他的脚，也伸进温水里。“娃娃的脸，只小一圈，跟万麻子长得一模一样，可奇怪，一粒麻子都没有！”小斌说。

我心里豁然亮堂堂了，脑子里的马表，不知怎么，从此不再响了。我望着小河一径骨碌碌骨碌碌淌着水，混混浊浊的黄水里面，好像有张红红的脸。天色渐渐暗下来了，那水底飘飘忽忽的红脸上，忽然有一群萤火虫，尾巴上缀着米粒大那么一点白光，哗一下飞起来。从水底下那张红脸上，一群发光的萤火虫，就这么哗一下飞起来，飞出水面，在渐渐合拢的黑夜里，上下左右，流动飞舞，一直到天底下全变成黑魆魆一片的时候，才慢慢飞高，越飞越高，越高越小，终于飞进满天水晶晶的星星里面去了。

最近，我常常梦见，无涯无边的夜的黑幕下，有一群细碎缤纷的银色光点，飘忽闪动，上下飞舞。

不，这不是死神的眼睛，我对自己说。

然而，又一点喜悦的意味也没有，反而感觉荒凉。

我确确实实看见的，不过是一群萤火虫，在星空默默的灿烂底下，在芳草自行连绵、波光无端粼粼的小河岸上，无声无息地，飞舞着。

盆景

01

照理华教授今天的心绪应该比较宽畅才对，然而并不。六点的钟已经敲响了，远远地从校园中心传到这偏僻的实验农场来，已混着些黄昏的味道了。华教授关上了实验园的栅门回到他的实验室，把今天的成果记入了日记。快要搁笔了又在末尾添上了三个字：“不远了”。

他在屋角的水盆里洗了手，“不远了”，他的嘴里喃喃着，顺手把工作服挂到橱子里去，习惯性地抽出了他的烟斗，习惯性地坐到他的破躺椅上去。“不远了”，他想象着：二十年来他梦寐以求的优种蜜橘，品质超过他家乡江西南丰“贡橘”的新种，五年之内即将在整个台湾的水果市场上出现。他一度热衷地想象着：有一天他要不动声色地带了太太和小筠去西门町看场电影，看完了电影他要怂恿太太买点橘子带回家，他会装着若无其事地陪着她们踱到成都路那家最大的水果摊上去，仕元也许会嘲弄他说："拣橘子还是让我们的‘橘痴’来吧！"他想他就会若无其事地挑上两公斤插着一面新鲜纸牌的"新上市丰台蜜橘"。然后等待小筠迸出这么一句来：

"怎么这种橘子没有子的，也不分瓣的，好甜呵。"对了，"丰台"就是他一度想过的品名，学名呢？当然就是"华铭泉"的罗马音译！

然而，他怎么又觉得并不是很宽畅。他往椅脚上敲掉了他的第一斗烟，破例地装上了另一斗。两三个女学生从他脑后的窗子那面叽叽喳喳走过去。建邦不是个坏孩子，小筠并没长错眼睛，他想。老张提了把扫帚在门口探了探头："有点热起来的样子呵，华教授。"他说。可不是有点热起来的样子吗，不过问题并不在这里，问题是，这孩子为什么说他不想出去留学呢？小筠也不知是个什么想头，这年头的孩子们，不是聪明得令人生气，就是笨得让人生气。第二斗烟常常比第一斗烟好，华教授想。夏天还没到，可是白昼已经橡皮糖似的越拉越长了，前不久，这时辰屋子里都该快上灯了，现在还是通亮通亮，过不了多久，窗后边的那几棵橄榄树上就该刮吱刮吱地响着知了。说不定这两天天气热，地下早觉的蝉蛹已经在挣开土壤往上爬了。华教授抽出他撑在后脑勺的手来，往衬衫口袋里掏了眼镜出来拭，还是在昆明当学生时代配的镜架子，连一支14K金的大头金星水笔，都是玉芬的父亲送的。二十多年了，现在哪还有这样耐久的货色。不过到底呢，华教授把擦好的镜片对着实验室正门上边透着光线的窗玻璃上照了照。现在的孩子们可不像我们那时候那么会做梦了，不是笨得令人生气，就是聪明得令人生气。建邦的确也不是个坏孩子，难怪小筠喜欢他，总是闷声不响不使人觉得他存在的那样的一个孩子。然而这孩子，华教授又向镜片上重新呵了一层气，好像是知道自己要什么的。不声不响的，总是不声不响的，忽然就发现他在旁边帮着做些什么了。他也不叫人的，也从来就没听他喊过一声华教授、华伯伯，甚至华先生什么的，总是你得先问他："吃过了吗？"他才说："吃过了。"或者你问："还没吃吗？"他就说："还没吃。"就像今天下午整理着A圃的时候吧，到了四五点钟，跟着的两个学生助手也都散了，好不容易把那棵"元老"完整地掘了出来，忽然觉得四围静悄悄的，一回头，可不是这孩子就坐在那里，翻过来的盆子垫着就坐在那里，也不知道他来了多久了，就这样把盆子又翻过来帮着“元老”进了盆。就这样从头到尾也没吭声。华教授把眼镜收回了镜盒，向椅脚上敲掉了他的第二斗烟。老张已经来回故意地晃了两三趟了，天可是有点暗下来。华教授起身往橱子里拿出了他的磨得稍稍发毛的斜纹哔叽上装，这会儿披上还有些热气。知了真不知什么时候就会聒噪起来的，校园里晃着些吃了饭不上图书馆的侨生，拿昆明的时代来比，真不是可以想象的，修得这么整齐的草坪，一千多座位的图书馆，后座上挤着个小太妹的电单车居然也让它闯进来兜风了。这孩子，建邦这孩子真是个问题，或许问题是在小筠身上？不然为什么问他的时候，这孩子便面有难色？他是怎么说的来着？对了，再不能比这更笨的了，他说：“我们想先订婚。”就是这样，“我们想先订婚。”就是这样，也没一句别的话。对了，就是这样，然后就抱了那棵装了盆的“元老”，“我顺便放在脚踏车后面载回去。”就是这样。

问题是不是在小筠身上呢？问题总是有的，要不然心情总不至于就这样难以宽畅起来。

华教授走到巷口脚步便自然地放慢了。隔壁历史系的罗家已经上了灯了，从厨房里射出来的一线光恰好把

家中荒置了的防空洞上的芦苇给烘托了出来。总是这一丛不弯又不直的苇叶构成了他庭院特殊的风景。华教授不能解释这一份难以舍弃的芜杂，也许是一辈子都摸索着人工的、细致的土壤吧，他想。好几次，玉芬已经让工人把这些刺眼的野物铲除了，到底是野东西，不久又照样怒生了。似乎也残留着些许的季节感，入秋后便白花花的迎风摇曳起来。太太的洁癖他是不愿阻止的。不过，见到它们又摇曳着的时候，总难免也有些欢喜。

02

像华教授防空洞上的芦苇一样，颜建邦也是这样地进入了华筠的世界。虽然他自己并不知道。

左手捧着本洋书，右手不论阴晴是一把浅黄的洋伞，有着“梦样的眼睛”的华筠在男孩子们的侧目之下，潇洒而从容地完成她每日自学校大门通往文学院大楼的“巡行大典”业已三年。每星期五天，每天四趟。下雨天，浅黄色的雨伞下“梦样的眼睛”不用看也知道那些廊檐下、玻璃窗后面，照样藏着些发烫的、行着注目礼的男孩子们的眼睛。然而华筠是公平的。所有偷偷的或是故作大胆狂放的来信，一律是同样称之为“一条鞭”法的一封回信，总是带着潦草风格的、留着刚从练习簿上撕下的痕迹的浅蓝横格纸，上面却是油印的楷书：

××同学：

来信业已焚毁，以后请勿尝试。

华筠启　×月×日

以后有一次建邦说：

“我就不懂你为什么喜欢跟我玩？”

华筠的回答也是很性格的，她说：

“因为你土！”

随着夏天的来临，建邦的接近毕业，小两口的散步也跟着频繁起来。

恋爱的常态发展往往是“三段式”的，尤其是校园型的恋爱。大凡恋爱的初阶都带着制造出来的偶发事件的色彩。随着这些偶发性的喜悦感逐渐消失，便有第二阶段的来到，是带着习惯性地见了面而因此展开某些严肃问题的讨论倾向的，诸如：某部电影里的关于人生意义的特殊象征，或者某段音乐里的美感程度测量的可能性之类的，因此而契合起来的恋爱的双方便有意无意地体会到一种感情的深化，而进一步表现出描绘未来共同生活图像的某种心灵交流的幸福来。所以，当两人不约而同地又慢慢地散步到那“老地方”河滩旁的时候，建邦便很幸福地躺在沙地上，并且随手拔了身旁的草根放在嘴里咀嚼起来。而华筠便用撑开的淡黄色的阳伞将两人的头部遮在阴影里。

河水很欢畅地流着。只有下游一带几个挖石子的工人半浸在水里劳动着。建邦半抬起身来，轻轻地将一粒石子扔向河中，两人屏息聆听两秒钟后传来的清脆水声。

“到了秋天，我们家乡附近的河滩上，便长满白茫茫一片的芦花。”

四围很静，除了远远地传过来轻微地有节奏地敲击石子的声音。

“上国民学校的时候，每天放了学，我们就上河滩那里去。”

华筠眯起眼睛朝上看，太阳从背面斜射过来，她整个的世界都是淡淡的半透明的黄色。

“你晓得我家住在河对面，每天上下学要过两次河，河水浅的时候，住在河这边的从来都不走桥上过的。”说着说着建邦就拾起小石子，在两人躺着的沙地中间画起了一道浅浅的河。河水哗哗地流着，没有风，世界很静很静，除了劳动者的声音从下游弱弱地传来。华筠也侧过身来，钻出了她的浅黄色的世界。她直觉地用手温柔而又细腻地把那道沙河抹掉，接着说：

“为什么？”

他没有想到“为什么”，他也不知道她为什么要问“为什么”。她其实也不知道。

“没有什么理由，你看，那时候，每次放学，我们就到河滩上去，我们就不知怎么搞的，你看……”建邦就又用手指画了一条浅浅的河道，他侧着身子，眼睛好像盯着一方中学课余练习的地理图。“譬如说这里是河滩，芦苇白花花的就生长在这里一大片。你看，我们河这边的就都把帽子翻过来戴，你看，那边靠你左脚的地方虽然有座桥，可是谁也不走。他们河那边的常常都不很中用的，用你的话讲就是窝囊。你看，学校就在……”

“我不要听这些了。”华筠说。

“其实没什么复杂嘛！也许我讲得不太清楚，难道你小时候没玩过骑马打仗?”

“没玩过。”她说完便将身子移到一片新沙地上去，建邦便把阳伞跟自己都移了过来，手指头又将方才的地理图大略地画了出来。

“喏，我们那时候河这边的就想把河那边的赶进水里去，有时候我们还采了大把大把的芦花秆子，照着他们的马头猛攻。你晓得，河这边靠着芦花边的河水里有一个深坑，河那边的本来都不知道，我们就拼命将他们往那里赶……”

华筠“啪”的一声将阳伞一收。

“昨天你看了爸爸怎么说的?”她说。

“我那时候块头大，常常就做河这边的马头，马头的技术最重要，你知道。”他说着有点兴奋，仿佛已听见“功课完毕，要回家去，先生同学明早再相会……”的稚嫩歌声从遥远的童年的乡野中传来。

“我不知道。”华筠说。建邦突然愣了一下，那歌声伴着一片闪烁的芦花仍然在空际摇荡。他“霍”的一声跳起来，做出马头战斗的姿态。

“喏!”他说，“两个做马身的人就将手搭在我的双肩上，小个子的，总是阿鹿仔，就骑上来，两边就打，不准挖眼睛，不可以用拳头，只准拖或者是拉。马头最重要的事就是保持平衡，最难防守的就是对方弯到你背后来攻击……”他的穿着换过十数次底的军训皮鞋的脚便把沙土给踢得飞扬起来。

“……所以做马头的就要拼命去盯住对方的马头，有时候两队人马扭成一团，互相乱转，马身跟不上，也会自己转垮掉的……”

“傻瓜!”华筠说，“坐下来。”

建邦又顺手捡了一粒石子，往河水里猛地扔去，小朵水花在河心激起，那歌声便顺着水花的痕迹流下去，直到河水成为一幅整体浮现出来。他的眼光茫茫地盯住了河的远方。那里已是一片暮霭，在黄昏里，有些迷迷蒙蒙，仿佛便有一座桥搭置在他眼光所及的底层。他兀立良久，直到感觉裤脚管被人轻扯了一下，他俯身躺下把头伸进又已撑开的斜置的伞中。

“你父亲的实验大概快到成功的阶段了。”他说。

华锜没有作声，两手将一支半枯的草根打成了一串串的结。

“昨天我们分食了一粒C圃的果实。酸味的程度已经差不多恰到好处。你父亲说农复会已经答应他从美国洛杉矶区的农场去运些Cleopatra Mandarin砧木来，可能现在的一些小缺点会因为优良砧木的影响而消失……”

“你怎么跟爸爸提的?”

“我说我们要先订婚。”

“你就是这样说的?”

“我昨天还帮他清理了A圃，把那些‘元老’都拔除了。差不多二十年的老木了，总还是水土不服。记不记得那棵永远不开花的？你父亲却好像有点舍不得烧掉。后来帮你父亲装了盆，送回你家去了。”

“爸爸怎么说的?”

“他没说什么，我已经告诉他我们决定先订婚就是了。”

华筠唰的一声站起来，大踏步沿着河滩走去。

“傻瓜！”她对着河水大叫，“傻瓜！”

建邦两手半撑起身子，歪着脖子看着她，看着她渐行渐远。他有些木然，他感觉自己被人从背后用橡皮的锤子猛击了头部。随后当意识开始恢复的时候，刀绞般的痛苦从他内里像一粒种子挣脱了土壤的覆盖，顽强地茁长起来。

“×伊娘！”他说，“一定是月经来了。”

他收起了阳伞，大脚朝沙土上猛踢，尘土飞扬。河水哗哗地流着。河滩下游的鹅卵石一粒一粒地印在一片灰色里。他左手捏紧阳伞，右手猛力将一块石头抛到对岸去。“干！”他说。他看见她远远扑在一段小草坡上，双肩耸动，在渐下的夕阳中隐约可辨。他走过去，抚摸她的头发。华筠翻过身来，把阳伞重又撑起。他们沿着河滩并肩缓缓行去。天色已经黯了，下游处的劳动者已收了工。水声特别清晰，空气里袭来一阵凉意，二人互拥着，华筠仍然撑着她的伞。她半倚在他的肩上说：

“你穿上了军服的样子一定更土。等你去当兵的时候，我到你宿舍里去包饺子，给你饯行。”

03

然而华太太玉芬女士确实是稍有微词的。

“就是有点土里土气的，”她的嘴角便微微向下一撇，“其他都还好。”

华太太是个中西合璧的女人。她信仰基督为救主。她会做很西洋风的生菜色拉；可是到了中元节，她仍是烧些纸钱祭祭华李二家的祖先。到了大年夜，她便做又甜又腻又让人喜欢吃的八宝饭。

华太太一辈子只有两个敌人，一个是她的丈夫华教授，一个是她的弟弟仕元。早年做学生的时代，梳着两条乌光油亮的长辫子，紫红的围脖，阴丹士林的旗袍，单车的龙头上扎着“中国妇女团结起来”的口号旗。那阵子的威风里，那时候的李玉芬，差不多把所有关于妇权运动的理论都毫不留情地运用到追随在左右的华铭泉身上了。所以，直到她死了心嫁给他之前，她的他是差不多必须担负中国妇女几千年来所受“封建压迫”的全部责任的。婚后的玉芬女士便又蹈袭了传统的嫁鸡随鸡的美德，而不知不觉地中西合璧起来，也不知不觉地变成了主的忠实的羔羊，而极力地像爱她的敌人一般爱起了她的迷途的弟弟——鳏居着且寄居在华教授四十余叠的日式宿舍里的李仕元来。虽然玉芬女士是爱她的敌人的，可有时候她也悲哀地觉得：爱常常也不一定就都能感化他们，尤其是当他们并不一定乐意接受的时候。就像这一次吧，华太太还没来得及收回她的嘴角，手里捧着《天龙八部》的李仕元便这样地顶了过来：

“土有什么不好？你难道还让你的女儿跟你一样，做一辈子的水草。”

玉芬女士也不怎么摸得清她弟弟的脾气，反正知道他这么些年来的不得意，养成了他这种“不鸣则已，一鸣惊人”的习惯。然而，女儿是她的，这一点她比谁都明白。

积数十年之经验，华太太深知自己所面对的问题之棘手性。一个恋爱中的惯坏了的女儿，其盲目、其激烈、其易于愤怒，是不在话下的。她是过来人，她知道。她知道她无法独力赢得这场战争。她知道她绝不能把自己很明显地很不圆滑地置于与女儿正面冲突的地位。她甚至觉得，她的禀赋甚高的女儿，正在等待，或者竟是在设计造成这种局面。事实很明显，一旦这潜伏的对立表面化了，女儿的娇嫩，以及对爱情的执着等等，必然有力地争得家庭中其他两位主要成员的同情。不论这同情是起于理智的考虑，如华太太自己所清楚而面面俱到地计算出来的结果，抑或只是由于一种对年轻的充满了生命力的热情所引起的新鲜感而来，其结果是再明白不过的。华太太从本能的母爱与女性的好胜本能的奇妙混合中，找出了她的原则性的决定。一句话，要打赢这场仗，先得孤立敌人，要掌握战略上的优势地位，无他，先得争取同盟军。

射人先射马，擒贼先擒王。玉芬女士的第一道攻击令便指向了近来业已有几分山雨欲来风满楼之感的华教授。

是熄灯前就寝的时分，满宅院只剩下幽幽的虫鸣，远处深巷传来疏落的卖馄饨的竹板声。华教授坐在临后院的廊下的藤椅上，抽着他每天最后的一斗烟。玉芬女士也完成了她的晚祷，突然像灵光照耀着一般，从厨房里端进来一壶刚沏好的龙井。华教授有些警觉了，烟斗的红星多冒了两下。

“铭泉，”她说着，破例地在隔着一张桃木茶几的藤椅上坐了下来，“这几天总觉得后脑勺有些儿古怪。”

“怎么了？”

“有时候就像针刺着似的。”

“明儿找大夫瞧瞧吧。”

“我看也不是什么病，大夫也瞧不出来的。”

“嗯，多休息休息少劳动就行了。”

“其实我也没劳动什么，平常也不过这样，连聚会我也去少了，就不知怎么的，许是闷着了。”

“嗯，闷着也不好。”

华教授从咬着烟斗的另半边嘴里把话吐出来。摘下了老花眼镜的双眼视而不见地凝望着满庭的幽暗。就这样，玉芬女士觉得这架子已经搭好了，序幕就算是拉开了，遂大大方方地把话头儿拉上了正题。

“说正格儿，铭泉，建邦这孩子其实是挺不错的。”

“嗯。”

“仕元也夸他好来着。”

“噢?”

“倒是从来没听见你说过什么来的。”

“呃!”

玉芬女士觉得有些瞪着鱼儿蘑菇却不大口吞饵的焦灼。端起杯子啜了一口茶，她想想，只得自己迫紧一步了。

“我其实是想向你要个主意。”她说。

“孩子们的事儿……”他说。

“怎么呢?”

“还是听其自然的好。”

糟！她心里想，迫得太急了，得赶快收拾。

“铭泉，你这话也有理。不过，做父母的总是能顾得周全些，是吧？”

“嗯。”

“我其实也不是反对他们。其实我还蛮喜欢建邦这孩子的。可……可是你就想想，生活习惯也不一样，婆家是怎么回事，小筠哪里看得见，这会子火头上，什么都讲究个牺牲什么的。婚姻可是一辈子的事，不能就火头上办事，得往寻常日子想，你说是不是？”

“建邦不是就要入伍了吗？总还有一年的工夫不是？”

玉芬女士立刻兴奋地握起了刀，大踏步砍进去。

“那你也是不赞成的了？”

“我没这么说。”

“那你是赞成？”

“我也没这么说。”

“那你到底儿是怎么个儿想法？你总不能又不赞成又赞成是不是？”

华教授放下了口里的板烟，喝了一大口龙井，把剩下的已经凉了的茶水都倒进了廊下从A圃移来的盆栽里去。他长长地打了个呵欠。

“困了，来睡吧！”他说。

首仗铩羽后的玉芬女士并没有很气馁。至少，她发现了铭泉之所以用拖延战术恰好也暴露了他的某种弱点。把这道口子给它撕开，得费点功夫，她想。积数十年之经验，她知道，现在不能埋头猛攻，得打个漂亮的迂回战。不过，她心里可也是透亮透亮，这迂回战可不容易打得漂亮。虽然，鳏居人的心情她是了解的。

对于这一次的接触战，玉芬女士的设计确是煞费功夫的。一个多礼拜来，她就怂恿着丈夫带她去听戏，用尽了一切手段把华教授多年的戏瘾给挑逗了起来。进了戏院，还没闹完锣鼓场，玉芬女士就说她的头给闹疼了，要回家去歇一会儿。胃口业已吊开的华教授真是进退两难，不过玉芬女士说："你可别让我搅乱了兴致，让小筠陪陪你吧。"就叫了一部计程车赶回家了。

"怎么了？"留在屋里看家的仕元还不太摸得清这事的节骨眼儿。

"到底儿是有了年纪咯，唉！"玉芬女士在弟弟的扶持下躺了下来。"仕元啦，劳驾您给我揉揉脖子好不好？浑身不是味儿。"

正满脑子"蛤蟆功"的李仕元勉为其难地留了下来。半盏茶工夫过去了，玉芬女士似乎觉得好多了，便开始了她的试探工作。

"仕元啦，不是我做姊姊的啰唆，我总觉得人到中年，要么就有个家，要么就有个信仰。”

“又来了。”仕元心里想，却不知道自己接触的根本就不是正规部队。

“不错，”仕元说，“最好是又有个家又有个上帝什么的膜拜膜拜。”

“弟弟，你别给我嘴里生刺儿。在台湾，我们李家的香烟靠着谁呢？我难道能不关心？”

“要我在这地方留种？三个字，办！不！到！”

玉芬女士一喜，心里觉得有了五成了。

“好吧，你不高兴我就不说了，我知道你烦这个，谁不烦呢？”

“我可没说我烦，我看您也大可不必烦。别把上帝跟祖宗搅在一块儿就行了。老实说，我既不反对上帝，也不反对祖宗，说穿了，一句话，没地方摆得下他们。”

玉芬女士精神一振，翻身进去，一招饿虎扑羊。

“我也不反对你这种反婚姻的态度，话说回头，这事也不是勉强得了的。倒是你跟我拿个主意看看，小筠这孩子真是不懂事，闹得我昏头涨脑的。”

说时迟那时快，只见那李仕元往斜刺里一闪，蜻蜓点水，洒脱轻巧，无与伦比。玉芬女士收回自己的劲道，业已太晚。一声喊糟，双手扑落了尘埃。只听那李仕元幽幽说道：

“这，件，事，性质，又，不同。”

那玉芬女士是何等乖觉，一听这话，立刻收缰勒马，两人于是软功轻摩，纠缠了约莫又是半盏茶的工夫。于是，电铃响了，看戏的父女回来了。于是，在小筠请安回房休息去了以后，屡败屡战的华太太玉芬女士的头痛症便也益发猛烈起来。她的背水之战的最后一策，便只得出之以不甚可靠的“以柔克刚”法，采用心理上博取同情以软化敌人，战术上软硬兼施以迷惑敌人的办法，智慧地置自己于看似无助而内实坚决的地位，等待时机，期一举歼敌而后已。然而，残酷的现实，每每使玉芬女士如此一位骁勇善战的英雄泪满襟怀。即使是同时以上帝与祖宗武装了起来的玉芬女士，也不得不历史地悲剧起来了。就像我们这位颇走极端的反婚姻的拒绝传种的在某大使馆教授洋人读中国古典哲学的鳏居着而以武侠小说来杀生命中的剩余时间的李仕元所说的吧：

“哭什么呢，哭又有什么相干呢？不先问问你自己这事情是应该干涉的吗？是干涉得了的吗？还亏你是中国妇权运动的先知！”

然而华教授也确实是因此而很不宽畅的了。他仍是一再地强调：“建邦不是还要当一年的兵吗？一年里面什么都可能发生的……”可是一向保持一个中性的生活态度的李仕元却像是突然被触到了伤口一样地愤怒了。

“这是原则问题，”他说，“等待时间来代你解决问题只是证明你的老态。”

“我们是老了呀，仕元，你还以为自己很年轻吗？”华教授揉了揉自己的太阳穴。

“老人里面也有两种，我的亲爱的铭泉大哥，你就是那种无意中抓到了就可以无论在哪里都无妨干上三十年的事业的lucky bastard（走运的家伙），我就是那种所谓的倒足了霉的中断的旋律。问题并不在这里，是不是？”

“我看也没有分别。”华教授说，他又开始燃起烟斗了。

“处理你自己，当然分别是很小的，但也不是没有分别。问题是不要把处理自己的办法硬加到别人头上去。你是个搞品种实验的人，难道你从来都不觉得自己能力的有限吗？难道你从来都对你制造出来的新品种没有一份尊敬吗？”

华教授觉得这逐渐变得很无味了。留下了愤怒中的仕元与悲剧中的妻子，他拖了双拖鞋咬着烟斗踱向后院去了。

廊下，新入盆的“元老”，有点萎靡不振。华教授弯身摘除了枝干上一批老叶，每一枝只留下靠尖端的两叶一芽。整盆“元老”，如今看来，倒更像发育初期的小儿女，干瘦细长，然而他知道，那点老根，经此播迁折腾，目前也只有余力支撑这薄弱的生命了。

04

建邦入伍的前夕，华筠本来说要上他宿舍里给他包饺子饯行的。临时建邦又改了主意。他说宿舍里人多口杂，又起哄又闹的，还是找个清静地方去。于是小两口就搜索枯“囊”凑了个三百元钱的整数，先上“云和楼”去吃过桥米线，又叫了盘宫保鸡丁，喝了一瓶双鹿五加皮，再上“月光”去听了一段“拉赫马尼诺夫”，然后包了一部三轮车，上他们平常走过的大街小巷到处去逛了一圈。华筠今天也是一反常态，叽叽喳喳地讲不完的话头。建邦仍是那副样子，除了吃饭付账，那两只手就尽插在破牛仔裤的口袋里。九点半，“拉赫马尼诺夫”敲完了最后一个音符，两个人从“月光”里走下来。建邦说：

“我有一个计划。”

华筠说：

“你去哪里，我就去哪里。”

于是建邦就叫了一辆计程车，言明七十块钱包到阳明山。还剩七十元钱，建邦说：“你拿十块钱明天坐车回家，我拿十块钱明天车上买个便当。”华筠说：“那你明天下山的车钱呢？”建邦说：“我们再去买一瓶双鹿五加皮，剩下的钱够坐车我就坐车，不够钱坐车，我就行军去报到。”华筠说：“索性我的十元钱拿去切一盘卤牛肚下酒。”建邦说：“那你明天怎么下山呢？”华筠说：“管他娘的明天！”建邦说：“管他娘的明天，好吧，他娘的就管明天，明天就他娘的管，他就管娘的明天，娘的明天就管他……”

在通往后山公园的半路林荫道，××大学的阳明山招待所里，面西北的窗户正好可以看见观音山。建邦与华筠在那里完成了他们的婚礼。那是一次很笨拙的婚礼，两个人都不知该怎么做。第二天早晨太阳已出得老高老高了，窗子里正嵌着整幅的观音大士仰卧的侧面，裸浴在一片金色的阳光里。建邦吻了吻他的妻子，说：

“有什么关系，我们有的是时间，将来所有的时间都是我们的。”

一九六七年，伯克利

且林市果

虽然还算是夏天，礼拜日下午的唐人街，却有点冷冷清清，像个散戏后的舞台。心脏地带的人行道上，逛街的游客显著稀落了。横过马路，二楼高度的上空，那一长幅白布红字的电影商招，在难得吹来的风中，仿佛徒然号召着刀光剑影，径自无力翻动，偶尔也发出噼噼啪啪的声音。

我约会的朋友因故未到，只得独自一人带着几分落空的心情，在成列的礼品店、茶餐厅、生果摊和杂货铺所组成的这样一种既非异国又非乡土的杂碎风景里，漫无目的地溜达徘徊。

这几年，移民数量增加，东南亚资金大批涌进，唐人街的外貌，起了很大的变化。如今虽然还是新旧杂陈，中西合并，但我们从前的一些遗憾，却也陆陆续续添补齐全，过去觉得缺的，现在差不多都有了。烧饼、油条、韭菜、柿子、鱼丸、肉粽、咸水鸭、蚵仔煎，以及上海式的理发美容和苏州式的清粥小菜，全都齐了。或者就只差这么一个喝酒的地方吧，我心里嘀咕着，这么一个黄酒白酒各备上那么几坛，凤爪牛肚豆腐干也卤上那么一锅的地方。大街小巷转上几圈以后，我又想就此回去，又有点意犹未尽。然而，我确实是无聊到想做点什么事情却又什么事情都懒得去做的光景，想买点白菜萝卜，又怕洗洗切切麻烦，想从那些摆满了纪念品的橱窗里发现点什么奇技淫巧的小玩意儿，却看来看去实在难以下手，最后，终于在一家进口二等粗瓷的老字号里，挑了一个四英寸口径的花盆。红泥倒还烧得可以，只可惜胡乱添上的几笔兰草，颇不入眼。然而，也只好将就了。

等我意兴阑珊地跨进那家坐落在偏僻角落里的小书局的时候，已经四五点钟了。天光其实还早，这间书铺里面，却已开了日光灯。但是，贴墙的木头架子，层层叠叠，中央小小的空间里，也架上大大小小的桌柜，书报杂志堆得满坑满谷。从外面走进来，感觉上有点突然，除了一股扑鼻霉味，我的眼睛，竟一时适应不来，只觉得天花板上吊着的两支光管，白花花的，一阵昏眩。

我面对一排红红绿绿的皇冠丛书，呆了两三分钟，让书皮上的黑体字自动显现。身子背后，忽然传来一位中年男子似曾相识的声音。

“这两本，缺了十几页，你怎么还要收钱?”

转过头去，我看见柜台前面，站着一个似曾相识的背影。

老孙的身材，的确大大走样了。记忆中，他原是一副运动员的架势，虽然看来有点五短，但结结棍棍，随便往哪儿一站，也像个百米选手冲线的样子。那几年，我们搞“革命”那一阵，建中橄榄球队出身的老孙，一向爱挑重活干。放电影，他总是抢先搬桌椅、扫地；开大会，他一定挂上红臂章维持秩序；碰上游行示威大场面，五英尺五英寸的他，却是扛大旗的好材料，走上几十条街不必换手不说，再大的风，旗子照样不歪不倒。现在看去，老孙的两肋以下，圆领衫几乎包裹不了他那个大肚子，相形之下，腰皮带像根细绳子，呼啦圈似的斜吊着，眼睛一接触，你便老担心它往下掉。老孙的脖子，更粗更短了，连说话都嗄哑得多，仿佛他的声带，也给什么东西压得扁扁的。

我看着老孙还了二十五本《侠骨柔情》，又把三十六本《书剑恩仇录》摆进购物袋，清了账。临出门，老板讨好地说："阿叔，老主顾喽，那两本有缺页的，未曾计你钱，算了！"

我跟着他，再次回到既非乡土又非异国的唐人街上，流浪起来。

经过"且林市果"（注），老孙的脚步忽然放慢了下来。

"你还记不记得，那一年，我们把大队拉到这里，高唱《国际歌》那回事？"

老孙望一眼华裔阵亡军人纪念碑，头慢慢一路仰起，好像对着那一条无色无味的天空说话。他手指着不远处一栋红砖大楼："我住的那间公寓，窗口刚好看见这个牌楼，每次看它，我就想到那年游行队伍经过这里，记得吧，这一带的窗口里，不时有人把汽水瓶往下扔？没想到没过几年，自己居然也搬进这些窗口里去了……"

这些年来，老孙结了婚又离掉了。他说他住在这里，也是图个方便。他现在是大通银行的电脑程序员，收入不恶。上班地方，就在华尔街附近，走路十五分钟，连地铁费都省了。吃吃喝喝也方便，他说他已经三年没开伙了。

"我还有半瓶竹叶青，要不要到我那儿坐坐？"老孙这么提议。我一时也想不出有什么理由不赞成，我们就弯回去，买了一只烧鸭，两包天府花生，一齐塞进他那只购物袋，一人拎一边，提进红砖大楼，坐上电梯，走向他那个九楼的窗口。

要不是竹叶青，我怎么也不可能记起老孙的老家来。其实，在我们这一辈的人里面，只要是美国混久了，又有谁记得谁的老家是哪里呢？大家吃的，都是杂碎，穿着方面，也大抵相当杂碎，连日常讲话，也是不南不北，半中半英的杂碎，只不过我们的中文，倒多少是一个调子，都是一律的“注音符号普通话”，唯一的差别，祖籍北方的，还残留一点卷舌音，南方人的L、R不分，仔细听，也还听得出来罢了。老孙谈起他的山西老家来，也有那么一点不中不外的味道，听久了，也无非觉得又是一种杂碎。

“我一共没带几卷宝丽来，”他一面啃鸭皮，一面说，“好家伙！老老小小，一下子来了三四十口，除了我爸爸那张陈年老照片上看过的，我一个也认不出。好在临行前，老头子给我寄了一张祖孙三代的家谱详表，我就一人一张，胶卷拍光为止。然后呢，按图查表，把每个人的名字、辈分、性别、年龄，全注明在照片背面，寄给我老头，才算是交了差。

老孙说着这些的时候，他的山西五台乡音，说着说着便浓了几分。或者是竹叶青在嘴巴里含弄久了，舌头有点黏住了，也说不定。

我本来就对山西五台没什么太大兴趣，何况，这些年来，这一类的牢骚话，我听得实在太多太多，老孙的话头一开，我又颇难插嘴，更觉得索然乏味了。眼看着一地的花生壳，心里寻思，得找个借口脱身才好。但是几次站起来想走，都叫老孙拉住了。

“你听我说说那地方的那份儿穷劲儿。”他把我摁下去，自己却在屋子里不停来回走。

我自忖一时三刻跑不掉，便索性放懒身子，缩进老孙的沙发里面去。

老孙的公寓，是个典型单身汉的公寓，家具简单，但该有的也都有了。倒也不像一般留学生时代的宿舍那么凌乱，我们所在的这个客厅兼饭厅的空间，收拾得还算整齐，灯光的配置，也是柔和实用两相兼顾，大体看来，是一点儿也不能说得上“潦倒”两个字的。然而，他这间屋子，又有点什么地方，让我觉得不那么典型。到底是什么地方呢？一时又分辨不出。我一面任由耳朵收听老孙半带嗄哑的唠唠叨叨，一面用眼睛四处逡巡，是有点什么不太一样的，可又说不出来究竟是一点什么。这个心思，在我脑子里盘踞了半个钟头左右，不知不觉间，也放弃了。我又开始给自己想一条出路。这一次，我妥协了一步，我知道，站起来，上厕所或者说明天还要上班一类的话，是没有用的，退而求其次我便集中力量，想换一换话题。

“小三子最近怎么样？有没有他的消息？”

我抢在老孙喝酒换气的当儿，提了这么一个问题。小三子也是我们的老革命伙伴，他一向同老孙一搭一档的。

“甭提了，这小子，真没出息！成天抱着儿子，什么也不想。”我暗自庆幸，这下可离开山西五台了，可是，老孙的话，还没有说完！“去年夏天，在北京华侨大厦碰见他，我跟他说：‘你光看安排好的导游节目，不行的，你得看看民间疾苦。’我跟他说：‘你跟我跑，咱们去我老家看看！’这小子没出息，人家不批，我都替他吵了，他自己反而打退堂鼓。那批官僚，不吵不行的，你吵，他就软，你不吵，他不乐得？结果还是我一个人走，五台山、少林寺，你知道，就在我老家那儿，给糟蹋的……”

我们又回到了山西五台。这以后，我又试着插了几次嘴，老孙就有这个本事，随便你提什么，他都有篇议论。他从前是只干不说的，我记得。然而，这还不是要害，要害的是，随便发什么议论，三弯两转，话题又回到了山西五台。

我开始觉得，唯一的出路，就是同归于尽，我于是决定大口喝那瓶山西五台带回来的草药味道浓厚无比的竹叶青了。

厨房的壁钟，忽然当当当，敲了十二下，十二下敲完，妙了，居然有一段音乐，而且，居然是久违了的“东方红”。我这才恍然大悟。起先不是老觉得他这个单身公寓有什么不太一样的吗？原来，他这一屋子，从地毯到天花板，大概除了电灯泡，所有的家具、用品、摆设、装饰，连墙上挂的、柜子里放的、桌子上摆的，甚至连字纸篓在内，几乎没有一样不是大陆来的土货！我坐了一晚始终并不感觉很舒服的这张沙发，竟然也是颇为讲究的仿明朝式样的紫檀木器。

一个礼拜天的夜晚，就这么耗掉，似乎有点可惜，然而，我想想，其实也未必，我本来不也是没事找事地逛着的吗？逛成这个样子，当然也是始料所未及，不过，又有什么分别呢？我转头看向窗外，的确，窗口虽然不大，从那个角度向下一看，正好就看见那一小方略带三角形状的“且林市果”。

被九楼的高度一对比，那块安全岛似的空地，更显得窄小了。又教近日新盖的高楼大厦一挤，这小小的方场，看来就像缩进一口深不见底的古井里面去了一样。只不过，午夜的唐人街，还有些未灭的灯光，幽幽地烘照着那座不起眼的水泥牌坊。

离开老孙家，我自己也不只微醺了，虽然未曾脚步踉跄，却也轻飘飘，仿佛脚不点地。究竟是残夏了，才不过十二点多，风刮起来，已经有点阴阴冷冷。我从地铁入口处走进灯光暗淡的隧道，一张发黄的旧报纸，被穿堂风抓起来，飞在铁栅门上，不由自主地径自翻动，偶尔发出噼啪的声音，在这个昏沉污浊的地底世界里，回响着。

一直到我下了车，糊里糊涂地摸回自己的公寓，掏钥匙开门，才想起来，我花了祖国大陆原价十倍的钱买来的那个粗陶花盆，却忘在老孙那里，归入他一屋子收藏的外销土货里去了。

然后我才想起来，这可能是一天里唯一完成的事，幸运的是，却是于无意间得之。

注释：

且林市果：英文原名是Chatman Square，纽约华埠的一个小方场。“且林市果”是当地约定俗成的中译，源自老辈华侨的台山话发音。

猬（注）

车子过了内华达州，视野里就展现了绿色。虽然并不很鲜，而且路沿、丘峦、树颠，处处还沾着些白意，半融的残雪有时反射着九点钟冬日北美洲软弱无力的晨阳。就这，也已很醒目了，何况是行车已经二十小时，笨重单调地在昏黄与暗夜中穿过了数百里的黄色沙漠。偎在不通气的烟雾弥漫的灰狗巴士里，从裹着的冬大衣与灰格呢毛毯里爬出来。她说：

“看哪！有雪。”

他还在沉睡，颠动得很厉害的行车并不打搅他。他的下颚松弛，颈间的浮肉随着车行起伏而波动。她转头回视，半车厢的乘客都像她丈夫颈间的浮肉一般波动着，像水闸外涌着的漂木与浮沫，浪来时便高起，浪去后便低下。

兴奋地收拾了足足一礼拜的行装，临行却又有点伤感起来。超级市场里那个胖嘟嘟的日裔切肉师这样说着“听说要搬去东部去了是吗？”的时候，便喉咙哽咽着了，一时说不出话来。不知为什么，熟朋友问候关心的时候，却是喜悦夹杂着胜利的感觉，谈着些勾引离情别绪的话。三年了，住在这恬静明媚的滨海大学城里，春来时，这异国的海角便是满城灿烂的“江南”。

她从毛毯里抽出手来，向玻璃上抹了一个圆洞，远处便现出了一群农庄形式的建筑，跟着四围的田畴打起转来。三年了，犹记得三年前，也是这样一个融雪的季节，她从西雅图下了飞机，朋友送她到市中心的灰狗车站。她给他拨了个长途电话：

“文襄，”她期待着对方的惊喜，“是你吗？”

“到了吗？”他说，是上午十一点刚刚起床的迷迷糊糊的声音。她的心往下一沉。疑窦、不开心，满箩筐地倒了进来。

“十二点十分开车，”她说，“十八个小时以后到奥克兰。”

十八个小时以后她第一眼看见的是他灰灰的眼神。他灰灰的眼神现在开始张开。

“咖啡还有没有?”

她从车座底下摸出来在内华达州边界上最后一个车站兼赌场里灌满了的暖水壶，倒了一杯给他。

“到了哪里了?”

“不晓得。”

“睡得真不舒服，你睡着了没有?”

“眯了一会儿。”

“到了纽约真要好好大睡一场。”他说。

车子里活动的声音多起来了，司机看看差不多都醒了，拿起了麦克风，用录音带似的声音飞快地说着：

“早安，女士们与先生们，灰狗公司以莫大的愉快与光荣提供给诸位这项服务，你们的批评就是我们的政策。现在我请求你们准许我介绍下面的旅程……”

公路笔直地伸着，看不见尽头。两边是一片枯黄，分不出是土壤还是衰草。早餐过后的小两口同方向地向左边呆呆地望着。他抽出一支“温丝顿”来，叼在嘴角上半晌，随着车子上下跳荡，只是饭后的习惯便掏出烟来，塞在嘴里便完成了一般。“早餐后的懒散是难得的呀!”他脑子里面不经意地飘着些意念，像路边竖着的巨幅广告牌，从眼角飘进来又飘出去，“爱达荷旅社”“白马威士忌”“请观光美丽的盐湖城”……车厢里的温度现在舒畅些了，前面有人开了半扇窗子，劲风沿着车侧呼啸擦过。昨夜夜半在一个不知名的小站上车的坐在他们隔邻的黑胖女人现在开始奶她的小孩，她的看起来七岁左右的大女儿正给看起来四岁左右的妹妹结着发辫，手里套着一大堆橡皮圈，不一会儿便扎起了五六个小鱿鱼尾巴，横七竖八的。他躲在毛毯里的手碰了碰她。她回过头来看见他示意的眼神而向后仰着从他的颈子背后望出去，恰恰看见那位母亲汹涌的黑乳房与小家伙晶亮晶亮的眼睛。

“死鬼。”她说。

“我第一次看见美国人在公共场合里自己奶孩子。”他说。

她不知道该说什么，早餐温吞吞的咖啡在胃里很不好受，她想她可能露出了一点害羞的样子，她想这也没什么，她伸手到手袋里找出洋火来替他把烟点着。他们的婚礼是很含糊的，她记住了这一点。然而那时候她没有计较，恐怕她根本就没有想到。那时候放在她心里的只有一件事——他的灰灰的眼神。她第一次碰到他是在中国通史的大一共同科目上。他的眼睛不是很大，笑起来的时候几乎没有。然而无论他坐在哪个角落里，她向着他的那一部分身体便紧张着，像涂了一层胶水。他后来在系里的同乐派对上向她走来，她低着头，感觉着他的眼睛盯着她不知放在哪里是好的手上。后来他要到美国留学，机场送行时，她第一次看见他眼睛的内圈有一丝红影，她那天戴着墨镜，然而她知道那一圈是红的，他的瞳仁那天有些闪避，从她的慌乱中她知道他的慌乱，她那天仍然看见他的眼睛。在奥克兰的灰狗巴士站上，她第一眼便去看他的眼睛，从她的疲乏里她看见他的疲乏，然而那是一种不同的疲乏，那是一种懒散的疲乏，那是一种慵倦。她以后便不常注意到自己有没有看他的眼睛。偶尔想起来，她才发现。她知道得很清楚，那婚礼是她一手布置的。她知道他只是认为那些本来就是该这样发生的，然而她也知道如果她不去做第一件事，例如打电话订玫瑰或租礼服之类的，他也会认为那些本来就是这样的。

“纽约可能是个不错的地方。”他嘴里叼着烟说。

她念完了图书馆学系的硕士便在纽约的一个公共图书馆里找到了一个待遇还不坏的职位。他说他可以到哥伦比亚大学去听课，等筹足了钱再继续修完博士。他有时又说要改行从头念统计或是计算机学。他有时又说还是回台湾去找几个朋友办一份杂志，或者上补习班里去教教英文。她知道那时候她不去办这件婚事，他们就可能垮了。像很多人一样，胡乱地结了婚，或者胡乱地垮了。

“盐湖城听说还有几家中国餐馆，到了那里别忘了去补充些卤菜什么的，”他说，“热狗实在有些腻了。”

她实在也觉得有些腻了，做梦都想到信义路大安桥边上的红油牛肉面。然而她想她并不是腻，她想不出是什么样的感觉，她有时觉得有些委屈，她知道她不能跟他讲。在卡美尔度蜜月的那家旅社里面，她便觉得有些委屈。她不知道她为什么会觉得委屈，也许是想家，也许是她觉得没有得到应该得到的奉承与体贴，也许是她想她没有得到应该得到的保护，也许是他灰灰的眼神……总之，从卡美尔的旅社里那时起，她偷偷地哭完了便抹一抹眼泪对自己说：一定要把他的灰灰的眼神烧掉。两年来她觉得她自己已经清清楚楚地把母亲从自己心里赶掉，她没有再哭过。现在她看见窗外平行地延伸着一条铁路，路轨两边堆着雪，脏脏的雪，许是混着油烟与乌泥，灰灰的雪。像雨季的中和乡她家门口那条碎石铺就的草率的巷子，计程车压成一道道拌杂着灰色碎石的泥沟。她望着铁轨旁边拌杂着乌泥的残雪汇成一条地流过去。她把手插回毛毯里去，把毛毯抱起来蒙住了头，她用双手蒙住眼睛，不停地啜泣起来。

傍晚就可以到盐湖城了，后天就可以到芝加哥，大后天的中午就到纽约。所有大学时代的朋友差不多都在那儿了，除了在洛杉矶进了修道院的涂雪丽，所有的人都在那里了。把房子安顿好了之后，每个周末都要开一个派对，把麻将与扑克都准备起来，每个周末都要热热闹闹的。她轻轻地啜泣着，双手湿淋淋地粘住了头上垂下的一些散发，感觉着他抽烟的手放了下来，抚在她的背上，轻轻地拍着。

隔邻的胖母亲奶过了她的婴儿，哼着些什么：

轻轻地摇，甜蜜的小马车，摇过来载我回故乡……

他轻轻地拍着她的背，下意识地附和着那低沉的催眠曲的节拍。

轻轻地摇，甜蜜的小马车，摇过来载我回故乡……

她伸出手抓住了他绕过她背部伸入毛毯里的手，躲在毛毯里说：

“文襄，我决定只做半年事，积一点钱，然后就辞职。”

“为什么呢?”他说。

“我要有一个小孩。”她说。

他没有作声。从披在他肩膀上的她的发上面他望向窗外。风景像一把活的折扇，右边渐渐地叠起来，左边慢慢地展开。正前方，公路笔直笔直伸着，像是没有尽头。

一九六八年四月，伯克利

注释：

猬，取“猬缩”意，比喻畏缩不敢向前。

蝶

01 雷鸟

没想到赶上了下班的车潮，公路上的五条线，车子阅兵似的慢吞吞往前移。雷蒙魏一根指头拨着他的一九六七年“雷鸟”的电力驾驶盘，禁不住有些烦躁起来。前面是一部搬运公司的大卡车，白铝皮的庞大车厢挡住了前景，看不出有什么希望可以超出这一段挤死了的路。雷蒙魏把衬着下颚的左手腾出来搁在驾驶盘上，右手的食指按下一粒电钮。是晚上六点钟的新闻时间，不知是哪一间电台的新闻广播员，语气竟带有几分新英格兰贵族口音，所有的字尾都似乎是从优雅地捏圆了的口腔里慢条斯理地流出来，雷蒙魏一直想模仿这种发音的，原想听听音乐的心便放下了。

"……联军昨日出击湄公河三角洲M战区，歼敌一百一十二名，南越政府军方面有二十四名阵亡。美军伤亡人数据报轻微……"

这些天来，战争也成了公司里每天两次"咖啡休息"时间的话题。约翰逊总统的"枪炮与牛油齐飞"政策似乎颇上轨道。股票仍然往上涨，雷蒙每天的早餐都在"冷静的优越感"中度过。浇上了糖浆与牛油的麦饼香气直冒，"华尔街日志"的股票栏，摊在热腾腾的咖啡杯旁一片喜气。雷蒙习惯于吃过早餐后才开始刮胡子，打上了皂沫的下颚皮肤，剃刀溜过一阵沁凉。恰像雷蒙的顶头"博司"麦克唐纳先生所说的："一个有尊严的公民是应该知道如何适当地清理他的胡须的。"这不是一条简单的警句，这是一套哲学。雷蒙魏深深了解这个。公司里大家都耳熟能详董事长乔治·格里哥里先生的名言："一个有尊严的公民应该经常将自己保持于一定的优美的秩序之中。"麦克唐纳先生是第七楼的主管，董事会的重要助理之一，他对于格里哥里先生的名言有效精简而又具体化的演绎，不仅透露出他的适当智慧，并且在一定意义上，象征着某种微妙的阶层结构系统在这二十四层大厦的宇宙中活泼有机地运作生命。雷蒙魏每日早餐后的剃须工作，就因此不仅是个人皮肤上的一种愉悦，而深一层地契合在这整套哲学里，而深深地愉悦得多了。这是五年前被编入×单位×大队×中队×连第九十七号受训学员被剪成三公分长平头的魏耀华准陆军少尉所未曾梦想过的愉悦，且不说那时蓄意尽可能地不理须的心境了。在短短四年半的时间里，包括两年多的苦读投资换来的一个有尊严的学府里授予的有尊严的学位，现在的雷蒙魏深深了解到，置身于这一套复杂而高效率的运作系统中，确是因此而抓到了些“身有所属”的感觉，使得散乱的过去与一度渺茫的将来都纳入了现今的这一秩序基础上，而变得有意义起来了。

然而六点多钟的第七十六号超级公路上的运作却始终不很有效，令有些厌烦了模仿着新英格兰音的雷蒙更加厌烦了些。他按下了另一粒电钮，电力操纵的左窗自动降下，他将搁在驾驶盘上的左手移到车窗上去。离天黑虽然还早，离麦克唐纳先生邀约的七点钟却不早了。那搬运公司的大卡车笨重地缓慢地移动着。反光镜里映着愈叠愈厚的车群，像百货公司中堆置着的廉价滞销品，毫无生气地积累着，令人气闷。忽见一辆公路警察的摩托车火急地穿过前面去，雷蒙松了一口气，直觉到这挤死的交通僵局即将打开，而抽回手来揿下了车窗的控制钮，却在那窗玻璃有韵律地嗡嗡上升之中，一只硕大的黄蝴蝶忽地从尚未曾完全闭拢的窗隙飞了进来，歇在前座的反光镜上缘，不休止地有节奏地扑闪着瘦薄的双翼。果然，未几这公路上的运作便畅顺了，车间前后的距离逐渐拉大，而一九六七年的银灰色的“雷鸟”便箭一般地驶向前去。

02 末端肥大症

没想到今晚的客人只有他一位。“我只想让你见见我的家人。”麦克唐纳先生说，一面递给他一杯马丁尼。这是万万没有想到的。雷蒙魏在经过短短的惊愕之后，立刻动员了他的全体脑细胞，集中地思维起来。

玛格丽特·麦克唐纳女士是标准的美国上流中产阶级社会的风范，这是明显地表现在她的衣着、发型与言辞之间的。她不说：“你比我想象中年轻得多了。”她说：“我让你们男孩子们在这里享受你们的清饮。”便知趣地在两三杯马丁尼之后才把十岁的吉米与七岁的克丽丝领出来，她说：

“孩子们，我要你们会见雷蒙魏先生。”

“你好吗？雷蒙。”吉米伸出小手与雷蒙握了一下。

“哈啰，雷蒙。”克丽丝说。

玛格丽特立刻又知趣地将孩子们带到别的房间去，

麦克唐纳先生才慢慢地把话题转到公司的业务方面来。

“你知道，雷蒙，公司方面有调整远东方面营业的构想。”

“是的，麦克唐纳先生，根据我个人背景的了解，远东方面的公司业务是有很好的远景的。”

“你知道，雷蒙，我是一向很重视你的背景的。”

“是的，麦克唐纳先生，我也是一直都希望我的特殊的背景，能够对公司在远东方面的业务有所贡献的。”

雷蒙话才出口便有些懊恼，他表现得太急切了些。然而他怎么能够按捺下突然狂烈地跳动起来的心脏？并不是三杯马丁尼把缰绳松了，是两年来处心积虑的表现、布置与设计。

以不到三年的时间取得博士学位，其本身便是一项出色的成就！雷蒙不是一个喜出豪语的人，他计划自己的生活采取的是一个职业赌徒的态度，他知道自己手中有些什么牌，以及每一张牌的效用边际。

“美国这个社会的好处，”他在朋友们给他举行的毕业贺宴上豪语过一次，“就怕你不知道自己要什么。一般人之所以埋怨它，不是因为要得太多，就是因为要得太少。”他那天是比较放弛了自己。也是一种必要的放弛，情绪的张弛本来是需要计算与调节的。

“然而还有些放不下乡愁的人，无论是文化性的、季节性的、历史性的，或地理性的乡愁。统而言之，都是情绪的末端肥大症！”

在那次贺宴结束的晚上，雷蒙确实是感觉着末端肥大地被朋友抬回了自己的“家”。当然，他不是一个做情绪梦的人，他自己倒是很明白，那晚上的松弛，是促使他决定选择这家于开发中国家圈内迅速伸展其业务支线的公司的主要原因。即使偶或有之，雷蒙的情绪梦也显着质的不同。朋友圈内，尽有人谈着圆环的生啤酒与营养豆腐，礁溪的陪浴女与保安街附近的春宫。雷蒙只是忘不了一个灰蒙蒙的阳明山的雾晨，电影的推拉镜头一般，从挂着“美国花旗银行”“内有恶犬”的铁栅门内——缓缓地、无声地流出来一部黑亮沉重的“林肯”。所以，当麦克唐纳先生递给他一支牙买加雪茄的时候，他已经开始精巧地修正着他的话题了。

麦克唐纳先生不是一个喜欢一股脑儿把话讲尽的人。一个家庭式的宴会，理该有优雅的家庭空气，穿插在活泼的家庭生活细节之中。何况，玛格丽特蝴蝶一般飞了进来，一面道着扰一面又亲切地将两位为着华尔街日志上一篇分析“美元危机”的专栏文章争得面红耳赤的“傻孩子”俘获到她放着轻软音乐的餐厅去了。

03 印第安人

没想到餐后还有半小时的电视时间。

玛格丽特的细心安排是令人心动的。有什么比餐后三十分钟的家庭小聚更能熨帖一个漂泊的异乡人呢？在“波根地”葡萄酒的微醺与柠檬鲜蚝的异样甜腥的奇妙综合之后，尤其是。雷蒙的眼睛悠闲地跟随着自己饭后烟袅袅升散的运动，啊！窗外是多么美的夜景呀！是没有尘嚣的现代西方都会在一切都设计得天文仪器般准确有效的无声无息的运行之中放射着一片宝石蓝样的灯火。玛格丽特轻轻地用窗帘将开始有些儿异样的游子收了回来，两位蝴蝶般翩翩的孩子，协助将书房里的电视机推到收拢起来的窗帘下。

麦克唐纳先生是政治的关心者。不仅由于股票的相关性，也是上流中产阶级社会典型世界观里的有机成分吧。这些都是本能的生命延续感一般，成原则地流露在他的家庭教育方式之中了。所以，孩子们是被允许程度渐进式地暴露在成人世界之前的。然而，必要的防护时时警惕着玛格丽特中产阶级的母性。有着特殊适应力的雷蒙的灵敏嗅觉，很快地捕捉了这样的氛围，坐在吉米与克丽丝中间，用理性主义的童谣回答着他们从“新闻特写”节目里的画面所引起的种种问题。

“雷蒙叔叔，为什么我们要‘数尸体’呢？”

吉米扬着小小的金发的头，手指着越战场上的画面：一架直升机正斜斜地腾空而起，机腹下悬吊着一幅巨网，包裹了一堆鱼市场里批发着的贱价死鱼般的人体。镜头突然拉近，荧光幕上只剩下一只漏网伸出来的人臂，五指屈曲僵硬如探爪取物，清晰一如敲去了混凝土的钢筋，灰色的斑驳依稀可见。

“那是死的吗？”

克丽丝甜甜的童音里带着些好奇与战栗。发辫上的蝴蝶结摇摇摆摆的。玛格丽特的面色有些凝重起来。

“那是坏人的下场。”雷蒙说。严肃地履行自己必须向孩子们解释一下的使命，“吉米，”他说，“假使你有一个朋友要从你的零用钱中借去一部分，在你作一个决定之前，你应不应该问他一些问题呢？”

“我当然要知道他什么时候有能力还我。”

“对了，”雷蒙说，看着玛格丽特投射过来的鼓励的眼光，“但是，这就完了吗？你想你应不应该弄清楚他借钱的目的呢？譬如说：是用来买一件送给妈妈的圣诞礼物啦，还有什么别的？”

“是的，雷蒙叔叔，我懂了，你的意思是说：假使他是给妈妈买礼物的话，他妈妈一定会把钱还给我的，是吗？说不定他妈妈还会送我一件小礼物呢！是吗?”

“我是想告诉你，‘数尸体’的意思，就是要让我们付税的公民知道，我们付的钱是不是适当地、有效地运用了。坏人消灭得越多，我们的钱才用得越有价值，是不是?”

麦克唐纳先生并不太喜欢雷蒙所用的暗喻——“我们”与“坏人”。他觉得这样对吉米来说太抽象了些。他立刻想到，假使雷蒙用了“西部英雄”与“残忍的印第安人”的话，一切就会清楚具体得多了。不过，其他的概念部分是传达得很好的，他想。

现在荧光幕上照出直升机去后的狂风，尘埃逐渐落定。黄土的广场上，穿制服的人群忙碌着，战地记者幕后报道今天这项“特写”，一再地声明这“节目”与国内谣传的詹森政府“信用裂隙”是毫不相关的。摄影机开始灵活地选择对象，并且系统地把现场的分组单位活动介绍出来。可以看出这位摄影员的技巧是偏重几何构图趣味的，显然是手提着摄影机拍制，有时候画面有些晃动，便立刻看见是着意介绍某些不寻常的动作，带着些“抢”镜头的意味。现在，两个大兵迎面而来，腋下各夹着一条人腿，一面腾出手来擦汗，显出面部职业化的漠然熟练的表情。镜头跟随着，到了一定点，然后变成“走脚偏旁”的画面造型，现出在地上被拖着的褴褛尸体，然后是正背面，略成“倒品字”的构图，且在前行二人的间隔中，透出了摊开在地上的巨网上面，业已堆成的人体小丘。镜头晃动了一下，跟随着二人的步履，随即又平衡了，停止前移。“倒品字”的面积比例缩小，人体小丘比例增大。二人停在网前，分开，用力将拖着的那一具抛到小丘的顶层去，一群苍蝇散飞开来。接着记者本人进入镜头，手持麦克风与二人对谈。暂时卸下重负的二人开始点上了烟抽。是戴着手套的手。

“那些小黑点是什么呀?”克丽丝的小指头扭卷着一小绺细细的发丝，蓝眼睛眨闪着。

“那些是苍蝇嘛!”吉米说，鄙夷地瞧了不懂事的妹妹一眼。

“噢!”克丽丝显出要呕吐的样子。玛格丽特突然慌张失措，仓促间只迸出了这么一句未完的话：“不是苍蝇，那些不……”

两个孩子同时转过脸来，仰头看着他们的母亲。

“那些是什么呢?”克丽丝问。

“那些是……”玛格丽特求救的眼光射了过来，雷蒙突然灵机一动。

“那些是蝴蝶。”他说。

“在我们东方，有很多很多的蝴蝶：黑色的、灰色的、黄色的、粉红色的，各种各样颜色形状的蝴蝶，有的比指甲还小，有的比手掌还大。最好玩的是，我现在还记得小时候常听祖母说：如果你所爱的人死了，你会看见很多蝴蝶绕着你飞舞，一直伴送你到墓地去的。”

玛格丽特真是很感激的样子，也许她自己也很神往这谜一样的东方，而且，孩子们的注意力都被吸引到美丽的蝴蝶与美丽的东方神话国度里去了。吉米是一定还有很多问题的，可是，玛格丽特说：

“来！孩子们，雷蒙叔叔还有很多话要跟爹爹谈，而且，也是你们洗澡睡觉的时间了。”

孩子们有些不乐意地起身。克丽丝说：

“晚安，雷蒙叔叔。”

吉米也伸出手来，很绅士风度地。

“晚安，雷蒙叔叔。”

玛格丽特领着孩子又蝴蝶一般地退出了客厅，麦克唐纳先生深深地吸了一口牙买加雪茄，神往地望着由浓而淡的烟雾：

“东方真是个神秘莫测的地方呵！”

雷蒙随即接受了麦克唐纳先生的邀请，去参观他书房中所搜集的东方古董和艺术品。经过穿廊的时候，忽听到玛格丽特上流中产阶级社会仕女所特有的震怒的声音：

“我认为贵公司制作的节目，必须慎重、严格重加检讨。像今晚上这样肮脏、残暴的景象，未经同意便直接送到我们的客厅里来，让我们如何教育孩子们呢？”

04 东方

“我想那些传统中的蝴蝶是被花朵的气味吸引来的吧？”

麦克唐纳先生显然停留在他的“东方”里。当雷蒙以颇为内行的术语夸赞着，而且鉴定了他收藏品中一口真正的“宣德炉”的时候，他的东方的亢奋，差不多已超过一个实用主义企业者的性格所应控制的范围了。然而，“亢奋”是不该停留得太久的。雷蒙也立即捕捉了这下降中的“东方”，附和了麦克唐纳先生常态的分析精神，来处理“葬礼中的蝴蝶”这一现象的理论基础了。

“祖母的话是难免带着寓言的、童话的意义。然而就我记忆所及，似乎家乡的葬礼并不采用什么花朵的。倒是祭祖上坟的节庆里用得多，不过，好像不记得有蝴蝶聚飞的现象。”

“这就令人不解了。关于神秘的爱的力量，我是不能接受玄学的解释的。但是，我亲爱的雷蒙，难道你的成年生活里，没有经历过葬礼这一类的仪式吗?”

“这是令人惭愧的事。我的成年期是在台北度过的，那是一个刚开始走向工业社会的潦草都市，葬礼中的鲜花已逐渐用塑料品代替了。”

于是，话题便转换到开发中国家的经济发展模式上去了。雷蒙显然在极力把握谈话的方向。

“这是很有趣的一个现象，不是吗，麦克唐纳先生？一个农业宗亲社会最享受尊严的象征——我是指‘祖先崇拜’的代表仪式——葬礼，已经可以使用塑料制品，这不正说明了传统社会的逐渐解体，人们的行为方式已经表现了接受‘现代化’的充分心理准备了，不是吗?”

于是，麦克唐纳先生便很突然很迅速地将他的雪茄挤灭在烟灰缸里。这是麦克唐纳先生表示惊喜的记号。他一到高兴的时候，就立刻将他的雪茄挤灭。然后他用握紧的右拳向空中一挥：

“对!”他说。

这时他们是坐在麦克唐纳先生最心爱的私人酒吧的圆圈凳上。据说这里是他在公司外最喜欢的处理公司内重要业务的地方。

“假使我给你充分的资金去运用，在台湾这样一个开发中社会的环境里，如何发展是最有效最有保障的投资呢？”

“根据我看的一份最近的完整统计资料，在一九六四年两万七千四百九十八个工厂中，有两万两千九百七十四个，是属于资金两千五百美元以下、工人数三十人以下，以及马达动力五马力以下的小型工厂。”

“这是开发中国家的普遍现象，有什么特别的意义呢？”

“根据一九六五年的资料看，百分之五十以上的新资金是投入了生活消费品的制造业，依次是：纺织业、化学工业与食品加工业。”

“嗯，这就比较有趣了。”

“比较起来，统计资料显示：在机器制造工业以及相关于工业成长本身的企业投资是相当微小的。”

“你的意思是说……”

“我的意思不是这样的。麦克唐纳先生，我想请问你，为什么我们在肯尼亚的投资不如计划中的那么理想？”

“我个人相信是由于那里的民族主义。当然，解释是很多面的。”

“台湾不是一个褊狭的民族主义容易发展的地方。相反，政治的因素，在台湾，是相当容易控制的，假使你懂得门径。”

“嗯——”

在深思的时候，麦克唐纳先生是喜欢说长长的“嗯——”的。在即将做决定的时候，他便习惯于一仰脖子把杯中的酒喝尽。在少年做学生的时代，麦克唐纳先生便发展了对东方的兴趣。他的“宣德炉”不是赝品，便是这早年知识上的累积带给他的报酬。他的博士论文是：“买办企业家对中国近代经济开发之贡献”。那时候的美国学院空气里，尤其是处于社会科学尖端地位的经济学，大概还不时兴“区域研究”这套吧。因此麦克唐纳先生是颇寂寞过几年的。

雷蒙也不是一个喜欢把话一股脑儿讲尽的人。但是，必要的重点他是不忽略的。

“小型工业的性格特点之一，便是吝于将利润再投入技术改良方面的习惯，麦克唐纳先生，我想你了解我的意思。”

“好！”麦克唐纳先生的拳头向酒吧的柜台上猛力一击。

“雷蒙，你听我说，董事会即将有一个远东方面投资的总检讨，我想你也知道。我现在决定提出一个报告。你能不能给我准备一份草案？多列举事实，多提统计数字，你知道他们是只对统计数字才张开耳朵的。我们可以多交换意见。分析的工作，可以在我们之间事先进行，对不对？不必一定要提到报告里去，对不对？”

雷蒙魏举起酒杯一饮而尽。他与麦克唐纳先生不同的是：他只在快乐已经到手的时候才这样豪饮。这或许是从一个需要更多的耐心、计划与奋斗才能成功的环境里生长起来的人格表现吧。总之，雷蒙魏这时才觉得四肢里好像注入一些速度缓慢的液胶体似的，而且，平常不会意识到系在脖子上端有些什么的地方，现在竟好像有一个具有形状体积重量的脑袋瓜儿竖着了，而且，还好像不断地要歪过一边去。然而，雷蒙的整个身体是轻盈的。他觉得自己在脱离地面，斜斜地飘出去，好像一部乌光粉亮的、悄没声息的“林肯”，正缓缓地从树荫遮没了的大花园住宅里，流入外面一片乳白色的晨雾里去。

“呵！呵！”麦克唐纳先生说，“东方真是个美丽的地方呵！我亲爱的雷蒙，将来我们全家都一定要搬到那里去住，你得好好导游一下啦！”

05 走马灯

空气里弥漫了午夜以后的清凉。在这市郊高尚幽静的住宅区，一九六七年银灰色的“雷鸟”，像熄了灯停了火的巡逻艇一般，顺着水流的速度到处刺探着。路两侧是一系列的深深庭院。宅屋隐蔽在树影里。偶尔一扇未灭灯的窗户流过来，就似一对擦肩而过的明亮的媚眼，打心底里翻起了雷蒙的波浪。不时有院角落防盗兼照明的地灯，送过来丛丛鬼魅般的黑影，走马灯图画似的翻过车窗去。

雷蒙魏不知在这回廊曲折幽深的地带环绕了多久，他的头脑现在由整整的一沓铅块变成了千万粒细丝般的针头向外钻。胸膛里燃着一把火，穿过翻天搅海的腹部，向下烧去……忽然觉得屁股底下一点点水湿的凉意，下意识地伸手摸去，摸到了一小团黏糊糊粉刺刺的物体，就着左手指中的香烟头微红的火光，呀！半截蝴蝶的翅翼，带着半截浓汁外流的身体，贴在他右手的指缝里。雷蒙紧张地开了窗，掏出手绢来猛力擦拭，随即神经质地将手绢捏成一团，抛了出去。

夜半的寒气就此冲了进来，雷蒙的腹部忽然一阵鼓动。他踏下了紧急刹车，趴在窗户上呕吐起来。

“原来他自己想去！”雷蒙的“托拉斯”暂时像他的腹部一样紊乱了。他喃喃自语着：

“你瞧着吧！到了那里可不是你的天下。看看你数理经济学的符号，能不能招架我祭出的原始手工业的法宝！”

然而毕竟是呕吐的痛苦战胜了一切。到了胃酸都已吐尽，连肠子都痉挛一般绞痛起来的时候，他的眼泪便也泉水一般地涌了出来。

蛹

01

这屋子向海的一面显得极为辽阔，除了几株长年被遒劲的海风吹得弯腰驼背的古松，蹲伏于海天之际，从这一列颇日本风的长廊望去，尤其是晴日，便只是一片蓝。当然，随着风雨晴晦，日出日落，这令人疲倦的蓝色也是瞬息万变的。然而，总不断有一丝丝白色的浪纹，从这片无垠蓝绸褶缝中，花蕊一般，舒卷而出，不知不觉间，连绵扩伸，手拉着手似的，向你的眼前奔来。打开窗，随着一股腐烂海草混合着海洋动物尸体的冲鼻腥味，风，像亿万把刀锋，刮在这一海的蓝玻璃上。几乎就是这震耳欲聋的无处不在的响动，从海底伸出无形的手，推涌着，推涌着，将这白色的浪条堆起一个个巨人的形象，然后，一松手，它们便轰然摔碎在那几株古松的脚下，无声无息地潜回那一片蓝中去。

莫老像一尊石像，摆着他一贯的姿势，两手合着琥珀色的一杯铁观音，两腿摆在花格子呢的毯子底下，坐在他心爱的那张古铜色沙发椅子上。

“今年的蝴蝶儿来得真晚。”他说。

然而，第二天清晓，依然是一个好得不能再好的艳阳天。快十月底了，这里加州中段的太平洋岸，依然是得天独厚的一个好得不能再好的艳阳天。两手合着冒热气的一杯铁观音的莫老，面窗坐着，望着那无法置信的令人疲倦的一片蓝玻璃，他说：

“今年的蝴蝶儿来得真晚。”

但是，也许是年轻人的眼力吧。站在莫老椅后的我，已经看见一片片被风赶着的枯叶似的蝴蝶，不时地飘过来。翻过了那几株古松构成的风景线，便振力爬着最后一段山坡地，冲着陆地上的气流，腾空而起，超过了我们的屋面，消失在前院的树丛里。

02

认识莫老，是我这几年来的大收获。说这话，倒并不是因为我现在是莫老的最小一个女婿。仔细想来，我之所以常常在心里怀着一点感激之情，是别有原因的。到底是什么原因，我也说不清楚，是莫老的那份子恬淡吧！不知不觉地，在我们结婚以后，由西湖那儿带进了我们的生活。西湖，呵，我的西湖！我是深深地迷恋在她的无边的女性中了。三年前，当我们第一次由东部横跨了美洲大陆，迁居到西海岸的时候，我第一次会见了隐居在这里过着退休生活的莫老，才真正明白了自己这些年来的改变，才真正明白了西湖——我的妻——以及她那无边的女性的根源了。

莫老退休已经十几年了，至今常来探望他的人当中，大多数仍是当年显赫一时的文人、政客。这批人虽然早已在这块异乡的土地上生了根，重起了炉灶，他们还是隐然以莫老这里作为另外一种社交活动的中心。奇怪的是，在这一类的聚会当中，莫老从来不是谈话的重心。他经常倒像是个旁观者，一个知趣的听众一般，只偶尔在谈话中断的片刻，插进几句话去。也许就是这种恬然的态度在发生作用吧，访客们总是三五成群地来，我至今没有碰到过一个莫老接见单独访客的机会。

自从我们迁进来与莫老同住以后，访客们便渐渐稀落下来，渐渐地，我们这三代同堂的小家庭里的每一成员也都摸索习惯了彼此的规律，就好像从出生以来便是这样聚集在一起地生活着了。屋后的浪涛节奏不变地拍打着，五岁的萱萱与三岁的萍萍则不断以她们的嬉笑喧哗，装点着我们一个又一个氢气球一样飞逝的日子。而就是在这样平安幸福的日子里，我算计着自己，一个三十六岁的历史学者，出版了两本书的在一间声名不恶的高级学府里执教的定期在世界性的东亚研究学会年会上宣读一篇精彩而结实的论文的我，是深深地惧怕了。是的，我是深深地惧怕了。莫老的宁静的侧面，西湖幸福的笑容，以及萱萱与萍萍的喧哗，这一切都让我深深地惧怕了。是的，在陪伴着莫老对海的日子里，我越来越清楚地在那一列长廊的窗玻璃上，看见了一层一层剥落下来的自己；是的，差不多像记起了儿时挤在母亲的厨房里帮忙剥着的冬笋一样，连那藏在里层越来越白皙的笋肉的细致的纤维，都看得清清楚楚了。我是深深地惧怕着。

虽然搞了半辈子的历史，我却不是一个善于分析自己的人。然而，也就是由于这点历史癖吧，多少年来，我始终保持着关于自己的一份“史料”。在陪伴莫老的乡居中，我开始追踪自己的发展了。我的惧怕必然有它的历史根源的。它是怎么发生的呢？它是如何

潜入了我的内心生活中来的呢？它的发展过程是怎样的呢？它意味着什么呢？它将会如何改变我呢？以及我与西湖与萱萱与萍萍，甚至于与莫老的关系呢？我逐渐地在与莫老共同对海的这些日子里把自己卷入了这些缠人的问题中去了。我一方面觉得自己像被一只有力的手捉住了一样地焦灼与无助，一方面却又觉得自己终于很理性地在给自己发掘这个问题的含义而暗自兴奋着。这样矛盾的追寻终于唤起了我一些已经快要遗忘的经验，我记起了一大堆喜怒哀乐的过去：在大批的材料堆里迷失了的我，重建一件史实的我，第一本书完稿时的我，呵呵，还有第一次看见西湖后归来不能成寐的我。我终于在我十年前的日记里，寻得了这么一段：

与老张谈革命，通宵不寐，大不快。老张举亚历山大·赫尔岑之事迹为例，证明知识分子之善于将自身之乌托邦，投射于不满现状之群众，乃是天性，乃是病态。不通，不通，大不通。赫尔岑诚然有投射之行为，且终其一生浪迹英伦、欧陆，未曾归国。然理想主义之革命者，仍须分析现实，判断现实，俾为其行动抉择之依据。赫尔岑之不归，是不得其时也。

呵呵！我现在连赫尔岑是何许人物恐怕都不甚了然

了呢。大概又是一个十九世纪亡命的安那其吧。我们那时候是那样发昏一样地拥抱着那些亡命的安那其呀！二十六岁的人，还那样热衷着安那其不是有点发育过迟吗？大抵是开发过迟的国家出来的开发过迟的青年吧。然而，现在读着这样的日记是多么乏味呀，我的二十六岁便这样无耻而大胆地站在我面前了。那时候全校园里大概有百来个中国留学生，但是给自己瞧得起的大概不过六七个，因此这六七个人便经常聚在一起做些自以为很正经很重要的事情。譬如说，每个月一次的专题讨论吧，认识西湖便是那样的场合了。现在想起来，真是觉得有些脸红了。然而西湖便是这样一个女孩子，在她的面前，你无论做出了多么令以后的自己脸红的事情，她都是很有兴趣地，很专心地，很少插嘴地陪伴着到终场。那天我们讨论的题目是现在回想起来非脸红不可的“中国土地问题”，她便是那样很安静地，若无其事地做了一个让大家都忽然变得稳重的听众。是的，谈的确实是这个问题，日记上还记载得很清楚，而且还是我做的报告！然而当天的日记上只这么记载着：

在小陈家聚会。到八人。报告“中国土地问题的症结与解决的途径”。她，是谁呢？

就是这样。

我们结婚以后，这小型的聚会仍然继续着，且多半移到我们那客厅兼卧室的小公寓里来进行了。我们所涉及的问题，的确是永没有离开使自己脸红的那个范畴。现在随便翻开我的那时代的“史料”，便看到了这么一些触目惊心的大题目：“人口爆炸与经济开发”！“知识分子与使命感”！“法西斯主义的几种样态”！然而，不能不令我想起，每次开讨论会的时候，西湖总是乘我们面红耳赤、剑拔弩张的当儿，端进来一盘鲜嫩冰凉的杏仁豆腐了。呵呵！二十六岁的休止符，便是这一盘盘的镶嵌着紫红色的樱桃的洁白的杏仁豆腐吧。

二十七岁的那年，我交出了我的博士论文的大纲，题目是：“工业西方的经济压力与晚清漕运制度的改革”。

在这些平淡安闲的日子里，审视着自己逐渐消瘦的心灵的面颊，倒不一定是令人惧怕的，这我知道。然而，日渐丰腴的西湖，快速成长中的孩子们，以及在某种休止状态中永不衰老的我的岳父，却不时作用于我的神经，令我愈来愈不安稳了。是三个多月前的一个有月亮的晚上吧，忙完了孩子们就寝之后，西湖静悄悄地寻了个软垫，倚在我的膝下。又大又黄的月亮，像幼儿园唱游室墙壁上的一饼剪纸，一动也不动地高悬在海平线。她突然打破了沉寂说：

“我又有两个多月没有来了。”

我们就坐在那里，直到隔房莫老渐高的鼾声把我们惊醒。

03

今年的蝴蝶确实来晚了差不多一个月，难道是北地的冬天也迟到了的缘故吗？然而这批看似脆弱的、拍动着黑红相间的薄薄的蝉翼的小生灵们，毕竟是赶到了，而且是成百万地来到，有的据说是飞翔了三千英里的距离。是什么力量驱使着它们这每年一度的长途旅行？就连昆虫专家们也说不出个所以然来。竟有一位荒谬地说：它们不厌千里地飞翔，是为了汲取生长在这一带约莫有六平方英里大小的一园树木中的特殊汁液。想象着这批被称为“王者之蝶”的生物，如醉如痴地抱着树干狂吸的姿态，我的心竟有些绞痛了。

萱萱今年也闹着要参加“蝴蝶节”的儿童化装游行。西湖给她用我们结婚时剩下的一张喜幛改制成一件夹袄，扮成了一个清末民初小姑娘的模样儿，兴高采烈地搀着她走在人群里。萍萍则骑在我的肩膀上。游客们今年来得很多，十一月下午的阳光尚很温暖。公园里，丝杉木、尤加里树上到处挂满了精疲力竭的“大王蝶”，大批晚到的仍然在空中到处乱闯，寻觅适当的落脚处。莫老走在我们旁边，不时以手杖指着大群蝴蝶的集结区，示意给我们看。

“真是奇怪的东西。”莫老说。

我把萍萍放下，交给她外公牵着。装上了相机的望远镜头，开始拍摄这些蝴蝶的特写。这三年来，少说也拍了四五百张以它们为主题的照片了，在几百张照片之后，它们的各式生态对我来说已经太熟悉了。然而至今总没有一张令我满意。倒不是技术上的缺点，我很少挑这方面的毛病，毕竟我不是一个专业摄影家，也不想成为他们中间的一个。然而这些摄得的“大王蝶影”中间，竟总令我觉得缺少了一点什么它们应该有的东西。我提着相机往游人稀少的地方寻去，挑了一株垂挂着枯干枝条的柳树工作起来。从镜头里望过去，那景象是十分动人心魄的，那柳树的枝条活像一个披头散发的老妇，至少有上千只“大王蝶”无声地攀附在那里，我几乎觉得血液冻结了一般，抢拍了十几个镜头，直到觉得自己快要呕吐了，才不得不拎着相机回来。那时太阳已经西斜了，游人多已散去，我穿过公园的草坪急急往莫老他们预定等候我的地方赶去。远远便已看见两个孩子正跟她们的母亲在草地上玩耍，莫老一个人坐在旁边的山石上，独自将头倚在两手拄着的手杖上面休息。从他身后一株丝柏稀疏的叶隙间，阳光漏下来洒满了他一身圆圆的小金片，我的手本能地将光圈距离调整好，刚刚蹲下来，一只硕大的差不多是全红的大王蝶突然闯入镜头，我毫无考虑地按下了快门。

那晚上的天气有点出奇地燠热。莫老的兴致却很高。我们开车到蒙特利尔出名的一家法国餐厅去吃了一顿美味无比的海鲜。我跟莫老两个人就分着把那瓶水晶色的“莎毕冽”喝光了。

沿着太平洋岸的一号公路驱车回家。西湖坐在我的驾驶座旁，一句话也没说。两个小女孩都已倒在外祖父的怀里睡着了。海，在我们的左侧，撒开一面极大的网，我们就从它的边缘切过。隐约之中，听见后座的莫老低声哼着的小调：

“燕双飞，画栏人静晚风微。”

我接着跟下去：

“记得当年门巷，风景依稀……”

04

照片冲洗回来以后，我为自己的神来之笔震慑住了。那批以柳树为背景的倒没有什么，只不过笼笼统统透着一片低调而已。但是那张莫老与红色的大王蝶的巧合镜头，天！我顿然像找到了我久久搜索着的答案似的兴奋起来了。不就是它么？不就是它么？我的历史家的本能一下子活跃起来了。照片上显示出来的对比是那么强烈：一只展翅欲收的橘红色的大王蝶——飞翔了三千英里的小小生物，恰恰放开了它的双足准备歇息下来；莫老的头，在斜阳中闪着银光的发丝，正停止在微微抬起的动作之中，而都是那样疲倦地，被一股神秘的力量驱使着地构置在一幅奇里柯式的绘画框架之中！

就是这样，我开始把我的岳父莫匡时的历史列入了我的研究课题。

第一步工作当然是少不了搜集一番可以搜得的第一手数据。这倒不是难事。因为与莫老同时代的人物当中，已有许多份回忆录发表了。而莫老少年时代编辑的几份刊物，至今仍有部分残留，再加上我们图书馆里的微影旧报纸及部分档案数据，要重构莫老一生的事迹是不难的。

我很快地将这些材料组织起来，再重温了一遍有关中国近代史的各派理论，于是我得到了三个简单的论点作为执笔的根据：

★ 莫老是近代中国知识分子从政的典型范例之一。

★ 近代中国知识分子从政的典型经验是悲剧的。

★ 这种悲剧产生的症结，在于知识分子本身无法超越的一些矛盾。归纳言之，它们包括了：

◎ 在创造政权的经验中显示出来的对待“权力”的含混暧昧态度；

◎ 游移于卡尔·曼汉所谓的乌托邦人格与现实政治的泥淖之中，而不得不放弃知识分子作为社会批评家的本分；

◎ 在西方工业文明与传统文化的双重压力之下而表现出来的恐外症与偶像破坏症的心理错综。

这初步的构想完成以后，我的心理上的紧张也似乎跟着松弛了一点。然而我似乎也隐约地感觉到，如果只是为了在年会上发表的话，这已经构成一篇结实的论文所必备的条件了。但是我又不能不审问我自己：我到底是在追寻莫老一生背后的那股神秘力量呢，还是在为自己寻找那一股从来没有出现过的神秘力量呢？像这样的一篇论文的架子搭起来以后，我是不是又在下意识地袭用学院里的老套呢？这一层的考虑令我犹豫着不敢贸然下笔。我于是决定拿西湖当作一个读者来试验一下我的理论。我将我的构想草拟了一份大纲，封在信袋里，放在西湖的梳妆台上。第二天，它又回到我的书桌上来了，上面附加了一张字条：

我看不到我的有血有肉的父亲。

——湖

西湖的反应自然加深了我的惶惑。虽然她是一个非常特殊的读者，而且，我深知今天写历史的人，也并不准备写给没有历史学或一般行为科学训练的学术圈以外的读者看的。但是，西湖的反应我是不能不考虑的。历史事实发展的经纬是一回事，任何稍经训练的二流以下的历史工作者都可以对付。至于解释分析历史发展的逻辑，赋予历史事件、历史人物以更广大的透视，却是另外一回事，也是我所受的教育所给予我的唯一重要的使命。我是按照我的教育所指引的方向来工作的人，一个出版了两本重要著作的少壮历史学者，然而我的太太现在对我说：你玩的只是文字的游戏！虽然她不是一个历史学者，但她是莫老的女儿，莫老这三十年来的知识生活与政治行为，这三十年来的哪一桩重要选择与决定，不正是直接作用于她的生命，而使西湖之所以成为西湖的因缘吗？我有什么力量来对抗这本能的、直觉的反应呢？这岂不是在我的历史学者的嘴脸上刮了一记响亮的耳光吗？

在这样的冲击之下，我决心将过去发表过的一批作品翻出来，重新阅读一遍。我不得不承认自己正陷于一个极为尴尬的处境。我的语言是机械的、有训练的，但是没有生气；我的推理和分析是严格的、有条理有步骤的，但是没有创见；我的理论架构大多是套用目前学院里流行着的几位社会史家的作品，我只不过为它们披上了一件件装饰味浓厚的外衣而已。我感觉我脚底的土地在缓缓地移动，我的辛苦经营的建筑正往下陷落。我再把莫老与大王蝶的那张照片拿出来仔细端详，我索性把几年来积存的所有关于蝴蝶的照片从抽屉里抖出来摊开在桌面上。这里所产生的对比是那么清楚，那么显明。除了这最近的一张，其他所有的照片，只呈现了各种不同样态的蝴蝶的尸体，它们全是冰冷的、死亡的投影！我再逐一检视我近几年来的日记。毫无疑问，这里面所记载的，只不过是我走向死亡的一个缓慢的过程。

夜已深了，我犹自面对着一桌子的蝴蝶尸体发愣。西湖不知何时起已立在我身后了，她的发丝微微触动我的面颊。她幽幽地说道：

“我觉得萍萍好像有点发烧呢！”

我们给萍萍服用了一剂液体阿司匹林，抱她在怀里直到她退了点烧，阖上了眼睛。天已露曙，我才在极度疲倦中睡去。这恐怕是我这些年来睡得最沉的一觉吧。

05

差不多是四个多月的辛苦工作，总算把莫老的口述历史告了一个段落。年近八十的莫老，记忆力却惊人地好。我查对了一下手头搜集的文件资料，不但发现莫老的回忆为它们补充了许多细节发展，甚至于连一些无关紧要的日期、地点和人事关系都很少错误，这不得不使我惊讶于莫老这一代的知识人胸怀中特有的历史感了。

我把原稿整理出来以后，莫老还送了几份给他几位相关的近交去过目，大家都怂恿我们将它发表出来。我征求了一下西湖的意见，她说这应该让她的父亲自己决定。莫老呢？他却说：

“发表不发表都无所谓，反正是过去的事情了。我倒想问你一个问题，过去几个月也给你问够了，是不？”

我当然早已知道他要问我什么了，好像他也早已知道我知道似的，他接着便说：

“不要用冠冕堂皇的话来搪塞我。究竟你们年纪轻轻的人，为什么只对我们这批老头子感兴趣呢？”

我默然良久，正不知怎么回答这话才好。莫老又说了：

“唉！这大概也怪不了你，事实上也没什么事情好让你做的，不是？”

是三月中旬吧。栖息在这温暖的加州中段沿海一带的大王蝶们，度过了它们每年一度的冬天，在空气里满溢着花粉香的季节，居然纷纷赋归了。而也就是在这样一个万花齐放的异国的春天，我们的第一个男孩子呱呱坠地了。莫老为他取了一个挺不顺耳的名字——乃瞻，大概是取的“乃瞻衡宇，载欣载奔”的意思吧。分享着一屋子新生婴儿的啼声所带来的喜气，坐在廊前暖阳中的莫老忽然对我说：

“这些蝶儿也真奇了，它们怎么知道这就是回去的时候呢？”

我本来想引证一位昆虫学家的理论来回答的，话才到口边，不知怎么地，觉得难以出口，便随便诌了一套话说：

“大概是它们要回去的地方，也已经是春天了吧。”

一九七〇年，伯克利

冬日即景

这一年的冬末春初，一连几天风雪交加，把丘陵起伏的漫山遍野全部染成一片素白。

雪霁后的一个礼拜天下午，这个知名大学城近郊的住宅区，安静得有如圣诞卡绘制的童话国度，只偶见一两辆甲虫似的汽车，踽踽蠕动。除此以外，一切都悄悄蛰伏，宛如沉湎在接近尾声的冬眠期里。

因依山构筑而略呈遗世独立姿态的这座楼分两层的私宅，倾斜的后园坡地，因为有密布林木的天然风障，入冬以来，积雪终不如四野饱满。尤其是久经晨间即已露脸的太阳烘晒，室外气温逐渐升至华氏四十几度，半英亩大小一院堆雪的表层，开始稀释消融。水滴形成后，慢慢汇流，向下蔓延侵蚀，闪闪发光，在地温最先提高的地方，特别是埋藏鳞茎植物的花床上面，开始暴露出一块块大小不一的黑洞。

从住宅二楼的书斋后窗下望，这细小的变化并不显著。山坡上，巨大的落叶乔木和密集的灌木丛，依然伸张万千条枯干黑瘦的枝柯，保持秋后不再变动的姿态，向空拥抱。

无远弗届的雪，像一幅巨大的白色裹尸布，自屋顶拉下来，越过后窗下的加利福尼亚红木阳台，拉过靠西一带残梗横斜、乱石叠砌的荷池，铺盖东坡上面的椭圆草坪和月牙花床，向山林边缘S形状波浪起伏混植各色常青杜鹃、黄杨木、酱果紫杉、法国丁香与英吉利冬青的绿篱区爬去，然后，仿佛突然失去了支撑，翻身跌入林地，被几百千粗细不一、参差不齐的巨木分割成黑白相间的碎条，终于没入视线所不及的山脚下。

相对于这一片迹近死寂的素白景观，园中心稍稍偏东的向阳地方，异常突兀地立着一株火红的日本鸡爪枫，乍眼看去，极尽醒目，似乎一举击碎画面的和谐，给人一种难以接受的败笔感。然而，看久了，这俗名红珊瑚长身玉立平地拔起约有十英尺上下的东洋名物，好像具有某种超世间的魅力，牢牢地抓住观者的视线，反而把周遭的死寂全部点活，成为气韵生动的强烈焦点。

秋后脱尽黄叶，只余一架骨骼，却粗细停匀，疏密有致，从近根处略略隆起的雪堆里，扭曲升起的主干，到达四英尺左右的高度，便分三路向上纠结交错撑起方圆八英尺的伞盖。配以四周偌大的白色包围，这个气韵生动的强烈焦点，整体看来，骨架布置苍劲有力，古意盎然，宛若不见刀痕自然天成的老桩盆栽，又像是自然博物馆橱窗里陈列的古树漂木的标本，经过人工髹漆处理，只剩下壮丽形态的枯骸。然而，仔细观察，这生物细枝末梢的尾端，因缀有革质鞘叶包裹紧密的冬眠芽，依然透露曲致婉然的柔软线条。整体植株，尤其在白雪的对衬下，朱红的皮色，老枝粗暗而新枝鲜亮，尤其是一年生经秋方才硬化的细条，迹近南国相思豆的光泽，虽似无生命的化石，却因为由下而上回旋升腾的细微色彩变化，这看来矿物质地的珊瑚塔，竟无端呼吸着另一种生命，仿佛造化神奇，灵机一动，竟将韵律活泼的纯色调舞蹈，挥手冻结成似动非动的构成，刹那之间，化生机为永恒了。

究竟是冬末春初节气，下午五点不到，金乌冉冉西坠，天空里不知不觉糊满厚厚一层半透明的云翳，周遭虽有反光映照，毕竟随着光源递减而逐渐黯淡下来。

二楼窗口仍然没有亮灯。向西而开的两扇安德逊玻璃拉门，紧拥着一道酱黄色的厚绒落地帷幕。这时刻，靠北边犄角处，忽然微微掀开，露出一张前额半秃的中年汉子的脸。光照虽渐趋昏黄，这汉子左右搜索的姿态和向外窥探的眼色，还是显露某种仿佛害怕行藏暴露的仓皇。布帘掀开不久，重又紧闭，不到一分钟，另一端又掀开一角，反复三四次以后，外缘半冻的玻璃门吱呀一声拉开了，脚着长筒雪靴，一身紫红睡袍的汉子异常敏捷地闪身出门，踏着红木阳台积雪盈寸的楼梯，走下满地堆白的庭院。落地后的汉子，嘴角不停掀动，喃喃自语，行动上却大异其趣。他背剪双手，漫步过荷池边缘雪深不及掩埋的嶙峋山石，一步一个雪印，踱向月牙形花床的西端。身形微微佝偻，汉子的头始终低垂，目光只在脚前积雪渐融的地上逡巡。

月牙形的花床，如今虽也一样披覆雪色，却因为八英寸高的花砖砌边，凭空高出草坪半英尺左右。

汉子到了这里，弯身蹲下，袖筒中抽出双手，在残雪里四处拨弄。每隔五六英寸密植着各色鳞茎植物的花床区，有些地方，大概是土壤温度已经回升到一定程度，光照又一日日延长，加上融雪渗透浸润，种种因素联合发出了信号，地底下的活动早已开始。那汉子的手指，在露出表土的黑洞里探索，忽然触到一星星尖锐冻硬的物体，啊！汉子一声轻喟，嘴角冒出一团白气。原来是一株迎春最急切的藏红花，芽尖上还顶着小小一片积雪的压迫，尚未张开的水仙合抱状的绿叶夹层里，已明显透露着淡紫色花蕾的饱胀了。轻轻掸开残雪，汉子的脸上忽然闪动着狂喜，他从土壤里顺势轻轻拖出两条被压弯的外层叶片，拉撑抚直，然后以极其温柔的口吻对它们说："别紧张……压不住的……压不住的……"

他直起身子，右手伸到腰眼附近轻轻擂击。

"……压不住的……站起来了……站起来了……"

他仰望天空一片灰白，制造不出晚霞的落日，已奄奄一息了。他徘徊四顾，半亩大小的一院白雪，如今已踏出凌乱的黑色的脚印。他望着面前即将四下合拢眼看就将吞噬一切的大团浑浊黑气弥漫汇聚，捏成一拳的手猛地挥向空中，音调出奇高昂地嘶喊着："站起来了……站起来了……"

就在他一面嘶喊一面从空中收回眼光的时候，雪地上兀立的猩红色鸡爪枫，不知什么因缘，顿然抓住了他。他不由自主地痴痴望着，然后，慢慢移动脚步，眼睛笔直笔直，望着这座矿物一般在向晚的薄暮中犹自射出奇异红光的珊瑚塔，踱过去。

在鸡爪枫前五六步远的距离，汉子立定身躯。他的声音从嘶喊再次转回温柔。

"……站起来了，中国人民站起来了，中国人民从此站起来了……"

他的极其温柔的声音，现在像纹路错乱的唱片一样，重复着同一句话，永无休止地盘旋起来。

楼下，灯光黄蒙蒙的，厨房内外充满一股辣油炒豆豉的呛鼻烟味，一位妇人正用那种唐人街特制的厚背大把菜刀飞快地剁着葱花。墙上的电话铃忽然响了，隔房跑进来一名十二三岁的少年。他听了一会儿，用手掩住听筒对妇人说：

"妈咪，找爸爸的，说是他的学生。"

妇人放下菜刀，走到厨房门口的楼梯旁边，朝上看了一眼楼上的书斋。书房门上有一方菱形的窗眼，嵌着磨砂玻璃，上面幽幽地透着薄暗。

"你爸爸工作累了，正在休息，让他过两个小时再打电话来……"

妇人说着，一面捞起围裙下摆擦额头上的汗。屋子里因为瓦斯炉上的三个火头烧得正旺，暖和得完全就像开春天气一般。

刀之祭

01

胡本杰在寝室里踱着。今天是他二十二岁的生日。“都二十二了。”他想。他走到床头掏出了他心爱的盒子炮，细心擦拭了一回，仍然觉着没情没绪。一向他心烦的时候就喜欢擦他那支宝贝，他闭起眼睛来都可以分解结合它。他却不闭眼，他把一根一根零件摆在定位，然后，他细心地擦，然后，他细心地结合它们，他把他的宝贝擦得一尘不染，真正的一尘不染的地步，到了几乎可以从心里感觉到盒子炮里层一尘不染。然后，他又可以快活起来，再挨到团长背后去，看看有什么事情可以帮着做一做。团长一向认为他是一名好见习官，是副官的好材料，个头儿秀挺，反应快，问题少。团长平常不大当面夸奖人，有一天喝了七分醉，他说："本杰，就算你不是我表弟，我还是会抬举你。"

可是，胡本杰终究是很苦恼，他开始留胡子，开始把私塾时代读过的唐诗翻出来读。总是晚上读，在马灯摇晃之下，读到"少年十五二十时，步行夺得胡马骑"他觉着郁结。

他想到十五六岁在家乡上学堂的时代，他想到老师，一个出身"五四"时代矢志前往广州而一直没有去成的启蒙者。他常常在他们的作文后面批着诸如"泄情不如说理；说理不如叙事"之类的句子。可是，春天来到的时候，他领着大伙到学堂后面的大草坡上放风筝，一放就是一个下午。那片草坡很长，上面有三棵大樟树，他们小时候就成天盘桓在大樟树上，捉树上的天蚕，用天蚕的肚肠钓鱼。他们把风筝放得高高低低的，太阳从大樟树顶上落下去，满天都是吱吱叫的燕子，叫得像老鼠的声音一般。然后，就在那么一天的黄昏，从草坡尾巴上那边，顶着一轮扁大的落日，跑过来一匹大白马，两个马弁前后跟着，从樟树后边弯到村子里去。一个礼拜以后，家里就忙着办喜事，一个月以后，大白马又从樟树后面消失了，跟着走的还有几车子嫁妆跟一顶轿子，轿子里抬着的是跟他老师恋爱了三年的表姊，他的新姊夫临走时跟他说：“将来出来闯，可别忘了找我！”

胡本杰在寝室里踱着，他把宝贝往裤腰里一塞，走出了寝室。他跳上马，直奔团长的临时官邸。外面可有些风沙，虽然不大，马跑得却有些颠。他一路盘算着这话该怎么起头。假使他劈头就说：“报告团长，放我个排长干干吧！”团长会怎么反应？或者应该委婉些：“报告团长，我想换换环境。”他在官邸前下了马，门房老张探出个头来眨了眨眼：“这会子怕不是在‘百花楼’。”

02

有战争的地方就有娼妓。平镇这几年来已经数易其手。所有的行业都兴过，又疲了，只有“百花楼”愈来愈旺。二十里外，战火烧得发红，百花楼上，姑娘们红得发紫。战争的岁月拖得越久，百花楼上的花色越鲜艳。桃花谢了有杜鹃，杜鹃凋萎了有月季。

胡本杰拴了马。老鸨的笑脸迎了出来：

“少爷您第一次赏光，我给您介绍个细腰肥臀脾气好的陪您喝杯酒。”

胡本杰有点窘。

“团长在吧？”

“他老人家从来少来这里的。”

“我是他表弟。”

“倒不知道他老人家有这么标致的表弟。”老鸨让他跨进门槛。

胡本杰掏出两个大头，在老鸨面前晃一晃。

“我领您去吧，他老人家在荷花房里摸牌呢，关照过不让人找的。”

胡本杰在团长背后站着。团长听了一张绝七筒的死对对和。摸来了一张绝二条刚要扔出去，胡本杰正不知道如何提起这话头。

“怎么不开杠?”

团长回头瞪了一眼。回手在杠上一摸，翻手一拍：

“门清不求、杠上花、对对和，满了!”

“有这样绝的牌，不跟您打了。”丁香站起来发嗲。

“本杰，你去替她顺顺手气。”

“不行，本来是一局三娘教子的。”茉莉说。

本杰的手气也不怎么太好，丁香的手臂搁在他肩背上，发丝弄得他眼睛痒痒的，又不好意思拨开。一股浓烈的体香包围着他。团长坐在下手，牌立刻疯了起来，荷花气得直发嗔，催着把酒席摆了起来。

酒席上，团长才想起来问本杰。

"报告团长，我……"他忽然觉得两个腹案都不太妥当。"……我已经来了六个月了。"

"嗯！"

"我今年二十二了。"

"嗯！"

"还没上过战场。"

"你想带兵？"

"报告团长……"

"不用报告了，你玩过女人没有？"

丁香倚过来在他耳朵尖上轻轻咬了一口，咯吱咯吱笑。这晚上胡本杰喝了不少酒。团长笑着说："你想带兵，先让丁香这丫头教教你怎么样作战。"丁香倒真是对他有情，一晚上任他摆布着。酒帮助了他，他倒不算慌乱，他本来不知道怎么做。酒让他觉得自己像一副完整的充了气的皮囊。每兴奋一次以后，这气便走漏一些。终于他像一副泄完了气的皮囊似的软瘫着，舒服到差不多没有知觉。

03

回到寝室，胡本杰叫勤务兵打了桶水在院里。早春阳光还不算刺热，暖烘烘的。他先泼了些水在他窗台上养着的几盆矢车菊里，他往自己光膀子抹水，然后他往胸前蘸了几滴水。凉沁沁的，他觉得沁凉但很笃定，他捧了一握水送在嘴里，仰头咕嘟咕嘟漱口。他打上肥皂，拎起水桶一路从头往下淋。他不太清楚今早团长那句话意味着什么，但他很笃定。那时候他牵着马跟在团长后面。团长上了马，正要驰去，忽然回过头来说：

“去洗个澡，换套衣服回来报到。”

胡本杰在屋角站着，眼睛跟团长来回踱着方步。团长一手握拳背在后面，一手执着马鞭往靴子上噼噼啪啪地抽。胡本杰不讲话，心里也不怎么忐忑。他已经二十二了，他知道如何守候快到手的猎物。他不讲话，眼睛跟着团长来回溜。

“报告团长，带到了。”门口的卫士两脚一并。

“带进来。”团长的马鞭向空中一挥。

六个卫士押进来两个人犯，粗麻绳捆着。

胡本杰忽然领会到这是怎么一回事，忍不住一丝凉从背脊上蛇一样溜下去。抬眼望去，一个花白的头和两条黑溜溜的辫子。他忽然觉得自己的两手轻轻一颤，十个手指头似乎向下长了一节。他猛吸一口气，把重量平均移到脚跟与脚尖的中间。

“胡见习官！”

“在，团长！”

“你不是要带兵？”

“是，团长！”

“这两个交给你去执法。”

胡见习官的马踏着小慢步。马蹄嘚嘚敲在阒静无人、被太阳照得暖暖的小街的青石板上。胡本杰的视线差不多与两旁的屋檐相齐，他留意看着一排排退过去的檐溜，屋瓦的隙缝中冒着绿意。现在是春天，雪融过了，苔藓们开始复活。太阳晒在长长的小街上，他们九个人穿过去。胡本杰押在队后，他看着前面的两排卫士与夹在当中的两个人犯，他的脑子有些空空洞洞，他的眼睛重又抬起，两排屋瓦缓缓地溜过去。他试着想些什么，他什么也想不出来。两排屋瓦溜过去。小街静静伸展到城门边，城外的小清河在太阳下闪着光。每天，他的勤务兵上那里去挑水，他每天用小清河的水浇他窗台上的矢车菊。他现在把马缰绳松松拎在手里。马跳着小慢步，嘚嘚敲在青石板上。他忽然看见他的老师在前面的队伍中间走着。他忽然感觉自己坐在故乡那座小山坡上，手里拎着风筝线。他们的风筝那天放得不远，风不够劲，两只蝴蝶风筝无力地挂在第一株大樟树的上空游移着。大白马从第二株樟树那条路上出来。轿夫们哼喝着，在第三株大樟树后面消失了去。他的老师忽然说：

“这是杀伐的年代，孩子，你要从刀里寻得你的生路。”

胡本杰在河边把阵势摆好，等待团长到来。他让两个人犯面向河水跪着，卫士们端好枪，子弹上膛，在十尺之外排成一行。他牵马河边饮水，小清河的水绿得发蓝，反射着太阳的地方，波光像虫一样地蠕动着。团长驰马来到，两个马弁跟着跑，河滩上掀起一片尘沙。团长一跃下马，挥动马鞭绕了一圈。

“胡见习官！”

“在！”

“你要带兵？”

“是！”

“这两个人犯交给你执刑！”

“是，团长。”

“我要的是你！”

胡本杰犹豫了一分钟。从一个卫士手里夺过枪来，喊声：“杀！”便冲向前去。他忽然感觉自己的冲力被堵，随后这阻碍的力量便缓缓倒下。他立刻便感觉力竭，河水的反光耀着他的眼睛，他握着枪柄的手像铁圈一样紧箍在上面，却使不出力气来。他的眼睛看见一对翻白的眼睛，他感觉自己的眼睛里有血液涌出。他的双手紧箍在枪身上。他看见那人犯的嘴角猛然往里抽搐。他缩手。他突然发觉自己连身体带枪都胶附在那一团痉挛的物体上。他往后移，那物体便跟他抬起。忽然，他身后脚步响起，一只发亮的马靴猛力踢在那纠缠不清的尸体上。跟着他连人带刺刀仰面翻在地下……

第二天，胡本杰接到一张升官的派令。

一九六六年四月，台北

附录

二流小说家的自白

刘大任

现在，我们的小说，是极其自由的，其解放程度，可能远超前人想象。鲁迅和沈从文一辈先行者，如果活在今天，亲眼看见他们的后代，在文字、意象、技巧、形式以至于基本假设等各方面高度“放纵”的创新，想象无穷的变化，恐怕免不了瞠目结舌，无言以对。我相信，这个判断，不算大胆。因为，我自己，虽然也在小说创作这条路上，蹒跚学步多年，读到同代尤其是晚一辈的作品，往往也会感觉，我坚持的这种写法，是不是过于墨守成规，甚至落伍了？

平心而论，我的挫折感，并不太严重。难道，之所以能够不为所动，若非懒惰迟钝，便是顽固骄傲？似乎也不太像。再深挖，发现自己原来早就有一套防震装置。

我始终相信，我这一辈子，最多只能做一个二流小说家。“二流”？乍听有点泄气，然而，“不求闻达于乱世”，自然淘汰了与人竞争之类的闲杂意气，心安理得便也不太困难。

不妨分成三点，谈谈我这个二流小说家的信念。

第一，我一向以为，第一流的小说家，在以中国文字作为传播媒介的历史文化范畴内，必须写出“大小说”。那么，什么叫作“大小说”？

英文世界，尤其是美国的文学界，有所谓“美国大小说”（the Great American Novel）的传统，孕育了一代又一代的作家。可见，这个“大小说”的主张，不是我异想天开杜撰出来的。什么样的作品，才符合“大小说”的条件呢？各派评论家自有标准，我只提出最能立竿见影也最简单的。“大小说”流传久远，必须化为基本生活信念，融入一个民族或文明系统的血肉灵魂。也就是说，它必须达到接近永恒的“国族寓言或神话”的高度。

白话文运动以来，直到今天，海内海外，我们的“大小说”出现了吗？很抱歉，我只能看见一些“元素”，看不到“整体”。作品生命维持几个月的、两三年的，甚至十年以上的，不能说完全没有。然而，活进我们内面的，只是一些意念和图像，真正系统性的制订价值、校对行为的思想蓝图，尚未出现。

视野上推千年，中国人引以为自豪的“大小说”，还是那几部，其中三部是集体创作，一部则残缺不全。

第二，“大小说”在一个独特文明系统的历史长河中，必须具有继承融会和发明开拓的断代意义。就这一点而言，我深信，它的最终出现，不能不等待它所属的文明系统，耐心走完由发生到成熟的曲折痛苦历程。

现代中文小说，虽然距离诞生期的五四运动已接近百年，本质上，仍在幼年阶段，原因很单纯，我们的文明系统，还没有走出调整重生的阴影。这个论断，不免有些争议。一种观点认为：中文小说世界，光是“文学大系”一类的产品，就不知多少套了，作家和作品，更是成千上万，无法计数。量之外，还有质，不是连国际公认的诺贝尔奖都得了吗！另一种观点，刚好相反，基本逻辑是：电影削弱小说，电视削弱电影，网络削弱电视。结论很简单，小说过时了，灭亡之期，指日可待！

上述两种观点，似是而非。

量大质精的说法，相当脆弱。小说又不是人海战术，诺贝尔奖更不能代表什么，你只需问，得奖作品有几个人读？又对我们的文化价值和生活智慧，产生过什么影响？

循环削弱观念，也是以现象代替本质的论点。现代传播媒介的推陈出新，不能取代人类精神生活的根本需求。纵然有一天，作为沟通媒介的文字完全淘汰，“大小说”还是不能没有，因为，所谓“大小说”，其实是精神生活的总体表现，没有精神生活，人类不成人类。淘汰了文字的“大小说”，不过是通过另外的媒介传递罢了。

第三，我们所属的文明系统，通过对集体记忆的诠释和现代考古学的发掘推证，可以追溯到五千至五千五百年前。考古学现在的论据，大概以龙山文化后期作为中国文明的发轫，相当于古代经典记载的炎黄争霸前后。这个独特的文明系统，从它的原始国家形成，直到今天，百分之八十的时间，都处于人类文明的领先地位（汉武帝时代，中国的人口和财富，都占世界三分之一）。两河流域和埃及，起源更早，成就相当灿烂，但后继无力。印度文明也有它的独特性，但在影响扩散的程度上，无法与希腊、罗马、西欧这个辗转承续的文明系统分庭抗礼。中国在明代中叶以后，闭门锁国，故步自封，失去了生命力，前后将近六百年。

从清末康梁变法，到现在，一百多年了。这一百多年，一代又一代的民族精英，所作所为，不过是为这个面临衰亡的文明系统，在世界上重新寻找它应有的位置。

我相信，这个探索翻身的过程，虽然牺牲重大，艰难漫长，距离终点也还早，成果却逐渐显露出来了。

我认为，我们这个文明系统的重生，已经快要摸到“文艺复兴”的门槛。

“大小说”与“文艺复兴”是相辅相成、互为表里的。两者同时出现，符合逻辑，却有一个不能或缺的前提条件，必须有文化创新的长期经验积淀。

二流小说家的终生任务，就在于提供积淀素材。

我们先天所属的文明系统既然还在阵痛难产的阶段，“大小说家”就不可能顺利出生。二十世纪二三十年代到现在，包括海峡两岸，表面人才济济，仔细看，每一个都有点营养偏枯，多少暴露了学养单薄、感性理性失调和毅力魄力不足的弱点。伟大而独特的文明系统，必然要求掌握核心精神命脉的全面体现，具有这种条件的人才，我感觉，恐怕至少还要等待一两代。

大前提说清楚了，接下来，可以谈一谈自己。

前面已经声明，我给自己的定位是“二流小说家”，其实，我连“小说家”这个称号都觉得十分汗颜，一向只自命为“知识分子”。然而，由于刚懂事那一阵子，恰好是个不怎么开放的社会，“知识分子”的一些感情、理想和作为，便只能曲曲折折通过文学形式传达，就这么写起小说来了。日子一久，慢慢形成一种思想和表达的习惯，居然累积了若干篇幅。事实上，这些年来，用力多在散文、随笔和评论（不妨总称之为“文章”），总量约三倍于小说，应该算是安身立命的本业。何况，我们的传统早就认定，“文章”乃“经国之大业”，“不朽之盛事”，小说不过“旁门左道”，得等梁任公先生大声疾呼，鲁迅身体力行，才争得一席之地。无论如何，当今世界，“大业盛事”和“旁门左道”都成了商场上的滞销品。归根结底，既然对“大小说”仍有待焉，二流小说家又有贡献文化积淀的义务，就必须将所有产品整理出来，接受公众检验。

快要到鞠躬下台的时刻了。我遂将历年所写全部小说作品收齐，按性质重编，辑成五部（注），分别题名为：《晚风细雨》《羊齿》《残照》《浮沉》和《浮游群落》，交由联合文学出版社陆续出版。

张宝琴女士，在市场萎缩、文学暗淡的环境下决定出这套书，表现了出版家的魄力。雷骧兄特允配制插画，杜晴惠、蔡佩锦费心编辑作业，在此表示感谢。

还有话要说，二〇〇八年是我停写小说多年后重新执笔的一年，写了一个中篇《细雨霏霏》，两个短篇《莲雾妹妹》和《火热身子滚烫的脸》，忍不住希望，这是新的开始。

二〇〇八年十二月十二日

——原载《残照》，台湾联合文学出版社二〇〇九年四月版，原为该社“刘大任小说作品”总序注释：

后来共出版六部，加上了《远方有风雷》。现在则增加到八部，新作包括：短篇小说集《枯山水》和长篇小说《当下四重奏》。

策划出版：胡洪侠
责任编辑：汪小玲　侯爱波
装帧设计：杨军　林国壮
绘图：雷骧

图书在版编目（CIP）数据

残照/(美)刘大任著.--深圳:深圳报业集团出版社,2018.5
ISBN　978-7-80709-841-6

Ⅰ.①残… Ⅱ.①刘… Ⅲ.①小说集－美国－现代 Ⅳ.①I712.45

中国版本图书馆CIP数据核字(2018)第003946号

残照
刘大任　著

深圳报业集团出版社出版发行
（518034　深圳市福田区商报路2号）
中华商务联合印刷（广东）有限公司印制　新华书店经销
2018年5月第1版　2018年5月第1次印刷
开本：880mm×1230mm　1/32
字数：110千字　印张：7
ISBN　978-7-80709-841-6　定价：56.00元